抓鬼獵人 行動1

拯救妖怪村

千林檎 천능금 著 全明珍 전명진 繪
劉小妮 譯

귀신 사냥꾼이 간다 1：요괴마을

泰株的故事

登場人物介紹

月株

海姝的哥哥，之前也是一位抓鬼獵人。因為不明原因失去抓鬼的資格後，離開了天界。

海姝

外表是個可愛的十一歲少女，但其實是超過五百歲的抓鬼獵人。特技是劍術，身為抓鬼獵人的隊長，跟其他妖怪差使一起守護妖怪村，讓它不被鬼破壞。

泰株

喜歡踢足球、疼愛妹妹，是個平凡的國小學生。來到妖怪村後，生活發生了巨大的變化。

九瑋良（九尾狐）
平時偽裝成妖怪村的醫生。從嘴巴吐出的火焰，可以擊退惡鬼。
雲中飛（會飛的妖怪）
外表是妖怪國小四年級學生，背後有翅膀，力大無窮，可以用拳頭打倒惡鬼。
半仲仁（半邊怪）
妖怪村的公車司機。可以把自己的身體分成兩半。
姜宇蔚（人魚）
妖怪村的游泳老師。手掌中冒出來的水，可以打敗惡鬼。
萬事通（鼠怪）
妖怪村的記者。可以號令所有的老鼠們。

泰株的故事

現在，只有我能夠救泰熙。

泰熙不見了，

她被鬼帶走了。

第1章 序幕：踏入妖怪村

「哥哥，你知道那裡為什麼會叫做『妖怪村』嗎？聽說，真的有妖怪住在裡面呢！」泰熙把手機拿給正在看車外風景的我。

從首爾到妖怪村的車程約五個小時，不但車程漫長，中間還要換兩趟公車才能抵達，但是泰熙看起來絲毫不覺得疲累。

不知不覺，眼前出現了「妖怪村」的路標。

看來，等一下就會到奶奶家了。

「你快看！那是守護妖怪村的五隻妖怪。」泰熙手指著路標下面的五隻妖怪，從妖怪的頭來看，應該是狐狸、鳥、老鼠和魚。還有一隻特別奇特，那是長著人臉的猛獸，但是臉被切成了兩半。這隻妖怪滿臉怒氣，好像準備去懲罰那些把自己的臉劈成兩半的人。

「妳到現在還在說鬼的事情？妳在這裡一定要好好生活，如果再說看到鬼的話，一定又會被欺負的。」

泰熙好像已經忘記，自己因為說朋友背上有鬼而被欺負的事了，如果她在這裡也被霸凌的話，就真的完蛋了。因為爸爸媽媽不住在這裡，根本沒有人可以出面解決。

泰熙一臉不高興的說：「哥哥，你不去學校嗎？」

「不去。」

「一直不去嗎？」

「也不是，等我不痛了，就會去。」

「都是那個人的錯，是他讓哥哥受傷的。」泰熙低聲嘀咕，邊說邊摸著那隻藍色手錶。

一個多月前，當我知道爸爸媽媽經濟有困難，今年無法買生日禮物送給泰熙之後，就決定拿出自己的全部儲蓄，去夾娃娃機夾禮物。因為我知道泰熙每天上下學的時候，都會特地去看路邊夾娃娃機內的藍色手錶。

沒想到，正當我專心在夾手錶時，一輛酒後駕駛的車子撞上了夾娃娃機，我也因此受了傷。不過，我也在那個瞬間夾到手錶！

現在，那隻手錶就戴在泰熙的手上。

就在我陷入回憶時，公車發出「吱」的一聲，然後緊急煞車。我趕緊伸手抱緊泰熙。

突然之間，我好像被閃電劈到似的，眼前閃過巨大的亮光，周圍的東西全都失去了顏色，只剩下黑白一片。

車窗外面的樹林也跟著消失了，變成了一望無際的平原，所有的事物都暫停了下來。

為了看清周圍的情況，我抬起頭來。公車內的人都靜止不動，只有司機正慢慢地往我這邊轉頭……

我看到……我看到司機的身體被切成兩半，跟剛剛看到臉被切成兩半的妖怪一模一樣！

我彷彿一下子停止了呼吸。

如果可以的話，我想要移動視線，不想去看他，但是……我的身體完全不聽使喚，司機左右臉上掛著的眼睛都看到了我。

我們對上了眼神。

我用盡全力尖叫！

但是——

沒有發出任何聲音。

下一秒，我的眼前再次出現閃電般的亮光。

「哥哥！哥哥！你沒事吧？」泰熙雙手不停地搖晃著我的身體，我突然回過神來。

這時候，周圍黑白的光景不見了，再次恢復到原本的樣子。

公車內其他的乘客都用擔憂的眼神看著我和泰熙，但……司機好像已經知道發生了什麼事，若無其事的繼續開著車。

妖怪村

我鬆了口氣，心想：「看來是我太累了。」

公車繼續開在這滿是坑坑洞洞的鄉村道路上，載著我和泰熙往奶奶家前進。

第2章 妖怪博物館

奶奶的家是由老舊的韓屋翻修而成的，屋子就跟奶奶一樣，讓人感到溫馨。

石頭堆疊而成的圍牆上，爬滿了藤蔓。院子裡還有大樹，站在樹蔭底下，讓人感覺舒適。對了！還有廳堂。

這裡就像是電視節目才會出現的場景，感覺會突然走出帥氣的主持人，擺上一桌菜，然後邊享用食物邊說：「這才是生活。」

奶奶是妖怪村的村長，在我們抵達之前，她已經先告訴我們，她有事外出，沒有辦法在家等我們。

我們在餐桌上看到了奶奶寫的字條：

你們把行李放好之後，先好好休息，我會準備好吃的晚餐。這些是零用錢。你們想吃什麼的話，可以騎腳踏車去附近先買一些點心吃。

愛你們的奶奶

腳踏車？我們有腳踏車？就在我四處尋找時，從後院傳來泰熙的聲音。

「哥哥，腳踏車在這裡。上面有寫我們的名字，是我們的！」

我走進貼有「泰株、泰熙」字條的房間，打開窗戶，看到後院。

此刻，泰熙正興高采烈地看著腳踏車，開心地跳來跳去。

「我們有腳踏車了！」她說。

「妳不是只會騎三輪車，不會騎腳踏車嗎？」

「那是因為媽媽之前沒有買兩輪的腳踏車給我，我只要練習一下就會騎了。」

「快點進屋吧！我們來煮泡麵。」我催促著。

我們捨不得花掉奶奶給的那些零用錢，所以決定要煮泡麵。如果奶奶知道的話，可能會不高興，但是，我們需要存一些預備金。

泰熙吃得津津有味，連泡麵的湯汁滴到她的衣服上，她也完全沒有發覺。

「奶奶家好棒啊！還有我們自己的房間。」泰熙突然說。

「是啊！那妳要不要一直住在這裡？」

「嗯……不要，我還是覺得首爾的家比較好。」

咦？明明首爾的家沒有我們自己的房間，居然還說首爾的家比較好。我們首爾的家是連廚房都擠在一起的小房間，根本無法叫朋友過來玩，不過我們也沒有朋友就是了。

泰熙開開心心的吃完泡麵之後，她可能覺得有點累了，就進去房間睡午覺。

我洗好碗筷，坐在廳堂，望著院子，回想起小時候的事情。那時候，我們第一次看到鬼……

「奶奶，那邊有隻鳥有三個頭……」我指著站在圍牆上的鳥。泰熙看了一眼，可能是覺得害怕，趕緊把頭藏在奶奶的裙擺裡。

我忽然想到一件事，便開口問道：「奶奶是不是跟媽媽一樣都看不到那種東西？」

「不，奶奶看得到。你們是說那隻黑烏鴉吧？」

「奶奶看得到鬼？真的嗎？」泰熙也好奇的問。

「我看得到。不過，那不是鬼，而是妖怪。鬼是人死後無法去冥界，還徘徊在這個世間的靈魂。妖怪則是具有神奇的力量，而且是從一開始就誕生為妖怪，他們是不一樣的。」

「但是，我還是好害怕，奶奶……」我也感到害怕，跟著泰熙一起躲進奶奶的懷中。

如果我們跟媽媽說看到鬼的話，媽媽只會生氣，認為我們是在說謊。但是，奶奶卻相信我們的話。因此，我才沒有對自己能看到鬼的這件事產生懷疑。只是我也沒有跟任何人透露就是了，因為說自己看得到鬼，會讓人討厭。

想起這些，心頭有點煩，我想要做點什麼事來轉換心情。看了一眼，確定泰熙還在睡覺，就騎上腳踏車出門了。

妖怪村被樹林環繞，附近有鬱鬱蒼蒼的樹林，不像首爾只有稀稀疏疏的樹木。

沿著樹林騎腳踏車的時候，我覺得放鬆，但突然想起媽媽曾經這麼說過。

「看著樹林時，心情很厭煩。」不懂媽媽為什麼會這麼想呢？

就在這時候，我看到一塊招牌上面寫著：

妖怪博物館

「這裡是妖怪村中的妖怪博物館……」出於好奇，我停下腳踏車，走了進去。

博物館的占地跟學校的運動場差不多，成排的銀杏樹像是把周圍都染成了金黃色。樹的下方，有位少女正在慢慢的打拳，看起來很像

妖怪博物館

是跆拳道。不……動作跟跆拳道完全不同。

可能是因為我看得太入神了，那位少女有點不自在，突然停止了動作，然後充滿疑惑地盯著我。

「來參觀博物館嗎？」

「啊？嗯。」

少女的上半身穿著紅色的韓服，下半身則搭配小花圖案的裙子。她往我這邊跑過來時，黑色的長髮隨風飄逸。

「歡迎！我是這間博物館的主人。」

「妳？」

「嗯。」

我還來不及反問，她這麼年輕，怎麼可能是博物館的主人？少女已經走進博物館大聲喊：「免費入場。」

一聽到這句話，我趕緊跟隨她走進博物館。

妖怪博物館內有咖啡廳、鬼物館、妖怪館和研究室。咖啡廳應該是賣吃的東西，研究室的門上寫著「非員工禁止進入」，於是我走進離我最近的鬼物館。

明亮的燈光有點刺眼，在鬼物館內，陳列著各式各樣的物品，可以看到像是襯帽、驢子臉模樣的面具、黃金製作的圓珠、掃帚、小罐子等各種以前的物品。

是鬼物？

可是……這些就是鬼物嗎？怎麼看都是普通的東西呢！到底什麼

跟在我後面走的少女好像明白我在想什麼？繞到我面前說：「人死了之後，辦完喪禮，身體會火化，靈魂則會去陰間。但是有些靈魂如果無法去陰間，就會變成鬼。鬼魂是不可能獨立在陽間生存的，必須找到可以依附的物品，因此，鬼魂可以依附的物品就稱為鬼物。」

「原來如此。」

可能是我露出了不以為意的笑容，少女也笑了出來。

「你是不是覺得我在胡說八道？」

「啊！沒有沒有。」我隨便回話後，繼續參觀。

在眾多鬼物中，有一個看起來相當特別的東西，那是一個紅色的髮夾，根據旁邊的說明，得知它是由珊瑚製作而成。髮夾上面有一個看起來圓圓的，而且旁邊有齒輪的東西，看起來很像太陽。

我正在專心看著這個髮夾時，少女又出現在我面前。

「這個是日劍。雖然看起來是普通的髮夾，但是，每當有鬼出現的時候，就會變成能夠噴出火焰的劍，把鬼魂消滅。」

「啊？喔！」我再次漫不經心的回話，少女再次笑了出來，這回

我也忍不住笑出聲來。

少女一邊笑，一邊不停的搖頭。

這時候，我看到別在她的頭髮上的紅色髮夾。

「妳也有一模一樣的髮夾？」

「啊？這個？對。因為太好看了，所以我也做了一個。」少女似乎有點不好意思，連黑色的眉毛都在抽動。

我們暫時陷入了沉默。

我猶豫了一下，先自我介紹：「我叫泰株，姜泰株。」

「我叫海姝。」

「我們的名字有點像啊！」我突然覺得有點彆扭，趕緊走到下一個陳列區。可是下一個陳列區只有陳列架，沒有展示物，在應該放置展示物的位置上擺著一張紙。

有人在捐贈這種東西？我邊想著這個問題，突然驚覺自己出來太久了。

「現在幾點？」

「現在？六點。」

「不好了，我必須馬上回家。」我必須在奶奶

回家之前趕回去，我怕奶奶會責怪我單獨把妹妹留在家裡。我慌慌張張的跑出博物館，正好看到有人走進去，我不禁停下了腳步，發現那個人正是剛剛那位公車司機。

司機瞟了我一眼之後，就走進博物館了。

我看著司機的背影，他好像跟海妹認識，兩人聊了一下，就一起走進博物館。這時候他的身體並沒有被劈成兩半，只是我實在無法不去想起他在公車上的那個樣子……

我全身突然起了雞皮疙瘩。

身體被劈成兩半的男人和妖怪博物館……我有種不一樣的感覺。

第3章 金錢盒子

奶奶在傍晚時分才回到家，她為我們準備了辣炒年糕。

「你們大老遠從首爾坐車來到這裡，應該很累了吧？今天的午餐有好好吃嗎？」奶奶問。

我如果回答午餐只吃了泡麵的話，一定會被奶奶罵，所以我趕緊轉移話題：「奶奶，我今天去了妖怪博物館。」

「喔？那裡啊！就在村子的入口處吧？你覺得如何？」

「因為今天沒有太多的時間，所以我就沒有仔細參觀，不過看起來還算有趣。」

奶奶說她也有去過幾次，聽說有許多喜歡傳統物品的人覺得那裡的東西相當有趣，不過也有人討厭那些東西。甚至有些人會忌諱「妖怪博物館」這個名字，認為應該改成「民俗博物館」比較不嚇人。

「其實根本不需要認為妖怪都一定是壞的，傳統故事中，不是也有許多妖怪幫助人的故事嗎？像是石斑魚新娘、來報恩的喜鵲。如果認為妖怪都是不好的，對妖怪也不太公平吧？哈哈哈！」奶奶豪邁的笑了起來。

奶奶的笑聲跟媽媽完全不同，如果說奶奶的笑聲是「哈哈哈」的話，那媽媽的笑聲比較接近「呵呵呵」。基本上，媽媽不會笑出聲音來。不過，媽媽和奶奶的笑容幾乎一模一樣。看著奶奶的笑容，彷彿看到了媽媽的臉，我的心情也變得好多了。

只是，到了晚上，我的心情又開始煩躁起來。想到這裡畢竟不是自己的家，而且短時間內也無法跟爸爸媽媽一起生活，我感到心情沉重，躺在床上卻無法睡得很沉。

玄關那邊傳來了關門聲，我馬上被吵醒，原來是泰熙。

「妳去哪裡了？」

「我睡不著，所以去院子吹吹風。」泰熙跟我一樣也睡不著。

泰熙鑽進熱呼呼的被窩後，問我：「哥哥，我們什麼時候才能再跟爸爸媽媽住在一起？」

什麼時候呢？我想起媽媽常常掛在嘴邊的話：「等我買到採光好的房子。」

媽媽真是傻瓜，即使房子採光不好也沒關係，只要走出屋外，就可以曬到太陽了啊！

第二天，我們吃完早餐後，接到媽媽打來的電話。泰熙先搶著開口：「媽媽，這裡好棒啊！奶奶今天早餐為我準備了蛋炒飯，還有炒香腸，還給我們買了腳踏車。什麼？是不是三輪腳踏車？當然不是，是兩輪的呢！我只要練習一下就會騎了。」

我們家的經濟情況從一年前開始變得越來越糟，雖然媽媽很努力想隱瞞這個事實，但是，當爸爸在家的日子越來越多之後，我們就很自然知道了。而且，家裡也開始慢慢產生變化。

一開始，我們先換了房子，後來換了車子。再來，連餐桌上的食物也不一樣了，直到再也沒有什麼可改變，媽媽才決定把我們託付給鄉下的奶奶。

「媽媽，您不用擔心。等我賺了很多錢之後，我們就可以住在一起了。」泰熙說完這句話，轉頭問我想不想跟媽媽講電話。

我搖了搖頭。

因為，我如果聽到媽媽的聲音，我會非常傷心。等泰熙掛掉電話之後，我才想起來有一句話想跟媽媽說：

「媽媽，奶奶的房子採光非常好。」

今天老天爺好像不想讓太陽露臉，一整天都是陰天，而且風也很大。到了晚上，還可以清楚聽到門被風吹打的聲音，實在難以入睡。

我起身確定窗戶是否有關好，突然，從窗戶外傳來泰熙的聲音。

昨晚天氣好就算了，今晚這種天氣泰熙還出去吹風的話，實在太奇怪了。畢竟現在不是可以吹吹風的情況，而是會被風吹走的天氣。

我打開窗戶，看到泰熙蹲坐在樹下，本來想出聲喊她，又趕緊閉嘴，因為泰熙好像正在跟某個人說話。

那個人的年紀看起來跟泰熙差不多，身上穿著有點發光的白色韓服，手上還拿著一個微微發出光芒的小盒子。

我聽到那個小孩說：「妳做得很好！沒有被任何人看到吧？」

「沒有。」

那小孩的聲音聽起來很強勢，而泰熙則顯得有點畏縮。

「記得我昨天說過的話吧？每天晚上子夜的時候，你只要拿著這個盒子來找我就可以了，我會把錢放入這個盒子內。現在，妳馬上打開看看，快點！」

泰熙有點猶豫不決，她打開盒子之後，好像拿出了什麼東西……居然是一張五萬韓元的紙鈔！

「可是我需要更多的錢……我需要的是可以買得起房子的錢。」

聽到泰熙開口要求更多的金錢，我覺得很奇怪。那個人為什麼要給泰熙錢呢？應該不是什麼奇怪的人吧？該不會是電視新聞上說的詐騙集團吧？

「如果是這樣的話，我有一個交換條件——你要幫我去拿一件東西過來。」

「你要什麼？」

我為了可以聽得更清楚一點，把臉緊緊靠在紗窗上。夜風拍打著我的臉，那人又附在泰熙的耳邊說著悄悄話，所以我什麼也沒聽到。

那小孩說完，泰熙就馬上站了起來。

「我知道了。我會把那個東西帶來，你也要遵守約定。」

泰熙開心的跟那孩子揮揮手之後，往玄關的方向走回來。就在這時候，那孩子突然消失得無影無蹤，彷彿從來沒有出現過。

這時我才驚覺事情不妙——那個小孩是鬼！

隔天，我假裝睡得很晚，因為我要等奶奶和泰熙都出門。幸好奶奶出門之後，泰熙也說要去外面逛逛，就出門去了。

我趕緊爬出被窩，因為現在開始是「作戰」的時間。我的目標只有一個，就是找到昨天泰熙從中取出錢的那個盒子，並找出真相。

幸好要找到盒子一點也不難，因為它就放在泰熙的書包內。盒子跟我之前在民俗村看過的傳統木質盒子很像，沒有什麼特別之處。盒子內不只沒有錢，根本空無一物。

這時候，我聽到泰熙回到家的聲音，於是我趕緊把盒子再次放回泰熙的書包，然後走去廳堂。

我看到泰熙手提著便利商店的袋子走了進來。

「哥哥，快來吃吧！」

泰熙把袋子內的東西全部拿出來，放在餐桌上。有零食、冰淇淋、巧克力，甚至還有便利商店的便當，這些看起來大概花費三萬韓元左右。

「妳哪來那麼多的錢可以買東西？」

泰熙假裝沒有聽到我說的話，繼續整理食物。

「把錢包給我看一下。」我正要伸手去拿泰熙的錢包時，她突然臉色大變。

泰熙的眼神瞬間變得好兇惡，完全變成另外一個人似的，我嚇得立刻收回了手！

看到泰熙這模樣，有點可怕，但是，身為哥哥的我還是必須問：

「妳從哪裡拿到的錢？快老老實實回答。」為了不讓泰熙發覺我在害怕，我盡可能慢慢的說。

只是，泰熙往前一步，靠近我之後，雙手握緊拳頭大聲說：「你又不是媽媽，不要管我。」

「妳說什麼？」

我實在忍無可忍，也往前走向泰熙。泰熙不願服輸，正面跟我對決。於是，我們從一開始的推來推去，最後演變成拳腳相向。等我回過神，發現自己正緊緊抓住泰熙的衣領。如果是以前的話，泰熙一定會轉頭脫逃，但這次她把脖子伸得直直的，狠狠的瞪著我。

以前，我們根本不會這樣打架。

我趕緊鬆開手，但泰熙依然生氣的瞪著我。看到泰熙這個樣子，我內心感到非常不安。

於是，我留泰熙一個人在家，自己走了出去。

我騎著腳踏車來到樹林，沒有任何想法，也沒有目的地，就這樣胡亂騎了一陣子。

我想起泰熙的臉，那是相當陌生的神情，感覺那人不是泰熙，而是另外一個人——彷彿有人附身在泰熙裡面。

我想打電話給媽媽，我想跟媽媽說在這裡發生的所有事情，可是媽媽討厭聽到跟鬼有關的事情，她一定又會認為我在說謊。

「呀呀呀呀！」

實在太過煩躁了，於是我更加用力踩著腳踏板，同時大聲尖叫。

轟隆！

腳踏車好像被什麼卡住了，我整個身體往前飛了出去，腳踏車也隨之倒地，我感覺到自己的頭部撞到了地上。

「啊啊啊啊啊啊。」

我頭痛到快裂開了。

遠遠的，好像有個穿著韓服，綁著辮子的少女往我這邊跑過來。

「泰株，姜泰株！你沒事吧？」

我用盡最後的力氣，稍微睜開眼皮看了一下是誰喊我，原來是我在妖怪博物館認識的海姝。

接著，我就失去了意識。

這是什麼味道？好像是我討厭的消毒劑味道。

我不自覺的皺眉。

「醒了嗎？可以睜開眼睛嗎？」

我好不容易睜開眼睛，看到一位皮膚白皙，留著短髮的女生正盯著我看。我嚇得趕緊坐起來，看了看四周環境。這裡是妖怪博物館的咖啡廳，我怎麼會在這裡呢？

我慢慢回想起來了，應該是我失去意識之後，被海姝帶到這裡。

我坐直之後，感到渾身刺痛，想用手撐住椅子，手馬上痛到不行，我的手上綁著繃帶。

我打開繃帶，看了看傷口，結果又是一陣疼痛。

「哎呀！」

「看起來已經沒事了。」

皮膚白皙的少女抓起我的手，重新綁好繃帶。就在這時候，海姝拿著托盤走過來，托盤上面好像是一碗藥湯，除了有松子，還有看起來黃黃的液體。

「這是雙和湯，喝下去吧！這個最能恢復元氣了。」

原來這是在電視上看過大人們喝的雙和湯，雖然味道有點噁心，但是一想到大人們都喝得很開心，我也就一口氣喝下去。喝完之後，我的嘴巴滿是苦味和腥味，看來之後不能再相信電視節目了。

「我來介紹一下，這位是妖怪村的醫生，叫九瑋良。她正好來咖啡廳，所以才能夠幫你治療。」

肌膚相當白皙，而且看起來又如此年輕的人居然是醫生？我實在太吃驚了，我趕快向她打招呼。

海姝把托盤放下之後，坐到我的面前。

「你剛才一直念著『盒子，盒子』，那是什麼？」

「啊？我有嗎？嗯！沒什麼。」

「說說看，我也很好奇到底是什麼讓你這樣一直說夢話？」海姝的眼神充滿好奇，這個模樣看起來有點淘氣。

我要不要說出來呢？

這種事情真的要說給別人聽嗎？我回想起上一次跟朋友們說看到鬼之後所發生的事情……

那天，我跟大家說教室內的一個空位上坐著一個人，引發了一場風波。最後，還是媽媽被請到學校，才總算了結這件事情。記得當時，我還必須跟媽媽立下約定，從此以後不可以再說看到鬼，才可以回學校繼續上學。

所以，這回碰到鬼的事情，我只好換個方式說：「這個，其實是我朋友發生的事情……」

不只是海姝，連那位醫生也是一臉好奇的看著我。

「我有一個朋友，他撿到一個小盒子……到了晚上，只要去一個沒人的地方，打開那個盒子的話，就會出現鬼，那個鬼還會在盒子內放錢。」我自己說完，也覺得這件事情太過荒謬，忍不住笑了出來：「這件事很怪吧？」

我本來以為會被譏笑，沒想到海姝的表情非常嚴肅。

「你那個朋友後來是不是變得有點奇怪？」

「什麼意思？」

「就是言行舉止完全改變，好像變成另外一個人似的。」

我想起剛剛泰熙的表情，以往泰熙總是對著我笑，也從來不會出拳打我，但是這次卻頂撞我，還跟我打架！以前泰熙即使遇到不順心的事情，也會好好跟我解釋，但這回她卻大發雷霆，真的像是變了一個人似的。

「確實有點變了。」

「鬼會吸取人類的陽氣，通常鬼給了錢之後，也會吸走那個人的陽氣。如果繼續從鬼那邊拿錢的話，說不定會出大事。因此，必須非常小心，要在事情還沒發生之前就阻止。」

天啊！如果是這樣的話，我一定不能讓事情繼續發生。今天晚上，泰熙一定也會打開盒子，從裡頭拿錢……我必須阻止她！

我立刻從座位上站了起來，因為起身太快，膝蓋還撞到了桌子，但是我已經顧不得疼痛了。

我跟她們說了聲謝謝，正要離開的時候，海姝說：「泰株，請你跟那位朋友說一聲，如果他無法自己解決問題的話，可以來找我。知道了嗎？我或許可以幫上忙……」

我來不及聽完，就急急忙忙地跑出博物館了。

回到家之後，我發現電話機內有奶奶的留言：

「泰株，奶奶今天晚上必須緊急加夜班，所以要半夜才能回到家。如果你有什麼事情的話，就打電話給我。還有，晚餐不要吃泡麵，一定要好好吃飯，知道了嗎？」

我放下電話之後，突然直冒冷汗，因為——今天晚上奶奶不在，我就必須獨自一個人面對泰熙了。不，這樣說不定反而是好事。如果讓奶奶知道奇怪的盒子，還有泰熙現在的模樣，一定會受到驚嚇……我一個人解決這件事情比較好。

晚餐的時間過了，泰熙才回來，她什麼話都沒多說，就直接走進自己的房內。

她的身上飄來披薩的味道，看來已經在外面吃過晚餐了，也就是說，她已經把那五萬韓元都花光了。如果是以前的泰熙，她一定捨不得花掉。

我假裝睡著，躲在奶奶的房間等午夜到來……

十一點五十五分，泰熙拿起那個盒子走到後院。我小心翼翼的跟在她後面，我蹲坐在放置醬缸的檯子後面，可以清楚看到泰熙坐在樹下的模樣。

午夜一到，泰熙馬上打開盒子，昨天看到的那個孩子又出現了。泰熙很自然地從盒子內拿出錢，又是一張五萬韓元的紙鈔。

這時，那個孩子抓住了泰熙的手。

「昨天說的那個東西有帶來嗎？」

「沒有。我有走到那個地方，但是實在太可怕了，我沒有走進去。我明天一定會帶來。」

「不行！我們約定好了，說好是今天要帶來的，如果沒有那個東西的話，這個錢也不能給妳。」

泰熙失望的垂下了頭。

這時候，那孩子伸手摸泰熙的頭，就像媽媽安撫孩子那樣，輕輕撫摸著泰熙的頭。我注意到有一條細微的光，像是絲線一般，從泰熙的頭頂發出來，順著那孩子的手，轉移到他的身上。

隨著那孩子摸泰熙的頭越久時間，他的身體也慢慢變得鮮明，可能是獲得了陽氣，而泰熙則像是快要昏倒似的，用手扶著額頭。

我很想衝過去推開那隻鬼的手，但我害怕到直發抖，根本動不了——我整個人都嚇呆了。

那孩子慢慢轉過頭，露出一張蒼白且模糊的臉，而且手可以穿透泰熙的身體。

那個孩子的眼睛望向我這邊，我看到那是一雙白茫茫的眼睛，而且沒有黑色眼珠。

真的是鬼！

我為了不讓自己尖叫出來，趕緊用手摀住了嘴巴。我看過許多鬼，但還是第一次看到如此可怕的鬼。

我聽到泰熙乞求似的說：「明天我真的會帶來，請相信我……」

「不行！」那鬼尖聲大叫，聲音就像針似的，我的耳朵突然感到一陣劇烈的刺痛，我不自覺的站了起來大喊：「不——不——不要碰泰熙！」

那個鬼把臉轉向我，就在這個瞬間，我看到泰熙快速伸出手，把盒子內的錢拿了出來。原本盯著我看的鬼，再次轉頭看向泰熙。

「區區一個人類，居然沒有經過我的允許，就膽敢擅自拿走鬼魂的東西！」

鬼說話的口氣也由小孩的聲音轉變成大人的聲音，嚴厲喝斥泰熙。泰熙一臉畏懼的看著鬼，這時候，鬼把手放在泰熙頭上，看起來明明只是輕輕壓著泰熙的頭，泰熙卻滿臉痛苦，用手抱著臉。

我趕緊奔向泰熙，泰熙看到我，也向我伸出了手。

那是想要求救的手，可是……就在我快要抓住泰熙的手之前，泰熙突然整個人都消失不見了。

盒子也不見了。

那隻鬼把泰熙帶走了。

第4章 與錢鬼一決勝負

我緊握著腳踏車的手把，騎到上氣不接下氣，雙手因為用力而發燙，我累得想停下來。可是，我絕對不能停下來——現在會相信剛剛發生了什麼事情，並幫助我的人，既不是媽媽，也不是奶奶，而是妖怪博物館的海姝！

「泰株，請你跟那位朋友說一聲，如果他無法自己解決問題的話，可以來找我，知道了嗎？我或許可以幫上忙……」我的腦中不斷浮現海妹說過的話，那時我並沒有特別在意，但現在回想起來，海妹一定知道什麼。

當我覺得累到快要昏過去時，總算騎到妖怪博物館了。我把腳踏車丟在門口，就直接走進館內。雖然現在是半夜，但是博物館內還像白晝那樣明亮。

「有人在嗎？海妹！」

空無一人的博物館內只聽到自己的回音。

「海妹！海妹！我有急事要找妳。」

海妹是不是聽到我的聲音了？因為我看到遠處那間「研究室」的

門被打開，好像有人走了出來。

「海姝……」我的聲音突然停了下來。

因為聽到我的聲音而走出來的人並不是海姝，居然是公車司機。

不，是身體劈成兩半的妖怪。

「呀呀呀呀呀呀！」

我嚇得尖聲大叫，整個人摔倒在地。這時候，其他聽到我聲音的人都從研究室走了出來。

不，是妖怪們走了出來。

有九條尾巴的狐狸、有著人類身體的巨型鼠、全身都是鱗片的人、背上有巨大翅膀的小孩，以及身體分成兩半的男人，這些妖怪們正冷冰冰地望著我。

我想起村子入口那五隻妖怪的立牌，不只特徵一致，就連數量也一致。沒想到這個村裡真的有妖怪，完全被泰熙說中了！

我整個人嚇傻了，只是呆呆看著這群妖怪。這時候，那個鱗片人再次認真的看了看我，說道：

「什麼啊！這個人可以看得到我們！小鬼，你是不是可以看得到我們？等等，你該不會是……」

「泰株！這麼晚了，你有什麼事情？」

海姝不知道從哪裡冒出來，她打斷了鱗片人說話，很快地跑到我的面前。

「鬼……有鬼。」

「你居然把身為妖怪村守護神的我們當成鬼，真是太沒禮貌了。」鱗片人聽到我的話，邊搖頭邊露出不可思議的表情。

我實在不知道該如何理解現在的情況，只能看著海姝和妖怪們的臉，我希望有人可以跟我解釋一下現在的狀況。

海姝將雙手放在我的肩膀，她那雙黑色的眼瞳充滿了力量，讓我想到媽媽要跟我們說重要事情時的樣子，簡直一模一樣。

「泰株，你認真聽好了。他們都是守護妖怪村的妖怪們，也稱為妖怪差使，他們會幫助我保護人類。因此，他們不會傷害你。」

「妳……妳也……妳也是妖怪？」

「不，我是抓鬼獵人，我的工作是懲罰鬼。你懂了嗎？」

抓鬼獵人？妖怪差使？

我不僅無法理解，甚至更加混亂了。

這時候，博物館門口傳來泰熙的聲音。

「有人在嗎？」

泰熙？泰熙怎麼會來這裡？

「泰熙！」

我甩開海妹的手，馬上跑去找泰熙。此時，泰熙已經走進了鬼物館。我趕緊抓住泰熙，將她從頭到腳看一遍。幸好她看起來沒有受傷，只是身上好像有股奇怪的味道，而且眼神有點呆滯。

「剛剛妳被鬼帶走了，妳知道我有多擔心嗎？」

「哥哥，你在說什麼？什麼被鬼帶走？」泰熙露出一副完全聽不懂的樣子看著我。

泰熙推開我搭在她肩膀上的手，然後自顧自的開始參觀起館內陳列的鬼物。

泰熙真的不記得發生過的事情了嗎？難道是我看錯了？我正要去追泰熙的時候，海姝來到我身邊，她將食指放在嘴上，示意要我噤聲，然後用眼神看了一眼鬼物館的入口處。

我轉頭一看，原來妖怪們都躲在入口處。

接著，海姝走到泰熙身邊，就像我第一次來到妖怪博物館那樣，她慢慢講解這些鬼物給泰熙聽，只是她看泰熙的眼神異常謹慎，而泰熙也像是對陳列的物品真的感興趣似的，一一認真觀看。

突然，泰熙在一件東西前面停了下來，那是一把老舊的鑰匙。

「這是什麼？」泰熙發問，她的眼神始終沒有離開鑰匙。

「這是金錢盒子的鑰匙，錢鬼最害怕的就是這個了。在很久很久以前，有一隻沉迷於金錢的鬼被封印在一個盒子內。每天晚上，如果有人打開那個盒子，錢鬼就會給對方錢，同時吸走對方的陽氣作為代價，但是，那個被吸走陽氣的人會慢慢連同身體也被鬼奪走。而這把金錢盒子的鑰匙，可以把錢鬼永遠囚禁在盒子內。如何？鬼應該很怕這個吧？」

海姝看泰熙的眼神，就像貓咪看到獵物那樣，炯炯有神，而泰熙則像老鼠看著掛在捕鼠器上的起司，全神貫注的看著那把鑰匙。

貓咪和老鼠，還有起司，這些關係就像食物鏈，緊張感一下子升高了起來。

就在這時，泰熙的手快速地伸向鑰匙，不過一旁的海姝像是會武術似的，馬上一手抓著泰熙的手，另外一隻手則抓起了鑰匙。沒有拿到鑰匙的泰熙惡狠狠地瞪著她，泰熙生氣時的呼吸聲好大，在博物館內傳開。

「居然敢在抓鬼獵人的面前使用障眼法！我，抓鬼獵人海姝，命令你馬上現出真面目！」海姝大聲喊道。

在海姝的喝斥下，原本躲藏在泰熙背後的鬼，就像玩捉迷藏被發現的小孩，咯咯笑的冒了出來。

「妳是怎麼發現的？」錢鬼離開泰熙的身體之後，泰熙頓時就像消氣的氣球，搖搖晃晃地倒在地上。

我正打算跑向泰熙，錢鬼馬上擋在我的前面。

「不行！這個傢伙是我的！不可能被其他人帶走！」

我被錢鬼的聲音嚇到，趕緊跑到海姝那邊。

「身為鬼竟然膽敢出現在妖怪村！你是怎麼穿越結界的？」

「妳是說村子入口處那群妖怪嗎？如果是那個，完全不費吹灰之力。我只需要在高速公路的休息站等待，就可以趁機把金錢盒子交給孩子們。孩子們聽到每天打開盒子就可以拿到錢，不知道有多開心，馬上就拿走了。妳不知道嗎？當鬼物由人來搬運時，那個結界根本沒有作用。」

錢鬼用一隻手抓起昏迷不醒的泰熙，繼續說道：「好了，現在應該進入正題了吧？我不需要其他東西，只要那把鑰匙。如果妳把鑰匙給我，這個人可以還給你們。」

「這把鑰匙絕對不可能給你。」

「是嗎？那我也只能這樣做了。」

錢鬼從泰熙的外套內拿出盒子，丟在地上，然後又把軟趴趴的泰熙也丟在盒子上面。這時候，盒子慢慢變大，大到跟泰熙的身體差不多。突然之間，盒子自動打開，把泰熙的身體「吃」了進去！

錢鬼馬上用腳把盒子蓋起來。

「有本事的話，自己找吧！」錢鬼把關著泰熙的盒子往空中一拋，空中突然出現數百個一模一樣的盒子，就好像是複製了無數個金錢盒子似的。這樣一來，我們就無法得知泰熙被關在哪個盒子裡了。

錢鬼雙手環抱在胸前，得意洋洋的說：「你們知道如果人被關在鬼物內太久的話，會變成怎樣嗎？那個人也會變成鬼。是不是在她變成鬼之前，把鑰匙給我比較好呢？」

「別異想天開了！出動！妖怪差使！」海姝舉起手發號施令，躲在鬼物館入口的妖怪差使們馬上現身，全部跑向金錢盒子。

錢鬼看到妖怪差使衝過來，馬上動了動手指，這時候，所有的金錢盒子開始移動起來。

噠噠噠噠！

上百個金錢盒子的蓋子，就像假牙那樣一開一合，並開始攻擊妖怪差使們。開開關關的聲音此起彼落，就像施工現場的吵雜聲，聲音大到我連忙摀住耳朵，還癱坐在地上。

這時候，海姝搖了搖我的肩膀說：「振作起來！要趕緊救出泰熙！」海姝牽起我的手，踏著漂浮在空中的金錢盒子往上走。

海姝的力氣真的很大，每當我站在盒子上，身體失去平衡，快要掉下去的時候，她都能夠抓著我的手，幫我移動到下一個盒子。

海姝用腳踢著硬梆梆的金錢盒子，因為她想確定裡面是否關著泰熙。海姝賣力尋找著真正的金錢盒子，同時在另一邊，妖怪差使們也盡可能地破壞假的金錢盒子。看到這個場景，我吃驚到目瞪口呆，因為就像電影中的超級英雄們正在使用超能力打架。

那個有著翅膀的小孩就像撕碎紙張般，撕破金錢盒子，力大無比；而那個鱗片人的手可以冒出水來，水能夠像鞭子一樣，把盒子綁起來後，甩到牆壁打碎。

好幾次嚇到我的那個半邊人，他能夠把盒子放在兩個身體中間夾破；有著九條尾巴的九尾狐，則是把漂亮的尾巴當成棒球棍來使用，只見盒子一一被打飛。

不過好像有點奇怪，剛剛明明有六位妖怪差使，但是現在只看到五位。現場有長著翅膀的小孩、鱗片人、半邊人、九尾狐都在，就是沒有看到巨型鼠。

吱吱吱吱吱！

這時候，從鬼物館的入口處傳來老鼠們的聲音，巨型鼠也隨之現身。巨型鼠正在跟老鼠們抱怨：

「我真的應該好好訓練超能力，不然每次都只能叫老鼠幫忙，你們為什麼這麼晚才出現？算了，老鼠們！快去把盒子全部打破！」

老鼠們聽完巨型鼠的號令，雙腳合在一起，整整齊齊地向他一鞠躬之後，馬上跑向盒子，鬼物室內充滿盒子被打碎的吵雜聲。

照道理來說，盒子被打破的話，鬼應該感到不安才是，可是那個錢鬼反而一臉輕鬆，像在看好戲。這是怎麼回事？

我仔細觀察盒子們的變化……天啊！只要有一個金錢盒子被破壞，就會在其他的地方產生另一個新盒子，也就是說，盒子的數量根本沒有減少。

再這樣下去的話，妖怪差使們不論再怎麼努力，都不可能救出泰熙。在數百個盒子當中，想要找出關著泰熙的那個盒子，根本就是大海撈針！

就在這時候……

「哥哥……哥哥……救我，哥哥……」

是我聽錯了嗎？不知從哪裡傳來泰熙的聲音。我趕緊回頭尋找，但是除了盒子，什麼也沒看到。

「哥哥……我好怕……」

我再次清楚聽到泰熙的聲音，我趕緊抓住海姝的手，說道：「妳有聽到嗎？泰熙的聲音。」

「什麼聲音？你覺得在這個情況下，能夠聽到人的聲音嗎？」

好像為了證明海姝的話沒錯，「啪啪」聲更加響亮了。

在這種情況下，確實是不可能聽到人的聲音。但是，就在這時候，我又再次聽到泰熙的聲音。

「哥哥，救我，我在這裡……」

我非常肯定這是泰熙的聲音，而且這次聽得相當清楚，不可能有錯。可是，海姝還是歪著頭看著我，好像在說「你到底怎麼回事？」

難道，只有我能夠聽到泰熙的聲音嗎？

「我們去右邊看看，泰熙好像在那裡。」

海姝猶豫了一下，看起來是在考慮是否要相信我。很快的，她下定決心。

「走！你帶路。」

我開始順著泰熙的聲音尋找，海姝則是跟在我身後，幫助我安全的前進。

「右邊，然後繼續往前走。這次是左邊，左邊。」

我集中精神聽著泰熙的聲音前進，以至於沒有注意到周圍的情況，不小心撞上有著翅膀的小孩。他問道：「你們要去哪裡？」

「泰株說他可以聽到泰熙的聲音。」

有翅膀的小孩聽到海姝的說明，睜大眼睛。

「有可能嗎？人在鬼物內，不論喊得多大聲，外面的人是絕對不可能聽到的，難道……」

「不要再說了。如果你不能幫忙的話，就繼續破壞盒子。」海姝用犀利的眼神制止小孩不再繼續說下去，於是，他站在我們前面說：

「我來打頭陣！我幫你們開路，這樣應該可以更快找到泰熙吧？」

小孩剛說完，就展開巨大的翅膀，飛起來為我們開路。他拍打翅膀刮起的風，輕輕鬆鬆地就把盒子們吹到兩旁。因此，我們可以更快往泰熙發出聲音的方向前進。

這時候，我們的眼前出現一個發出白光的金錢盒子，而且距離近到只要伸手就可以碰到。

「就是它！就是這個！」

「你們休想要得逞！」

錢鬼發覺我們已經找到關著泰熙的盒子，突然出現在我們面前。

就在我伸手要去抓盒子時，鬼也同時伸手。

「不！」

我更加快速地伸出手，但是錢鬼距離盒子更近一些。就在我以為要失敗時，不知道從哪裡冒出來的水鞭，把盒子纏繞起來。

原來是鱗片人出現了。他大喊著：「海姝，接好！」

鱗片人再次揮動水鞭，把關著泰熙的盒子往海姝身後甩，海姝馬上跑向那個盒子。

「你們別以為這樣就可以輕鬆搶走盒子！」

這時候，其他的妖怪差使們全部過來擋住錢鬼的去路，我和海姝才能夠抓到關著泰熙的盒子。

錢鬼氣到說不出話來，他的雙手往上空揮動著。這時候，原本四處分散的金錢盒子們全都集中起來，同時飛向妖怪差使們。

鱗片人一邊擺出攻擊的姿勢戒護，一邊說著：「沒有時間了，快點打開盒子放出泰熙！」

我用顫抖的雙手打開盒子，只見盒子內一片漆黑，泰熙就在裡面，她嚇壞了，全身縮成一團。

「泰熙！」

我抓著泰熙的手，泰熙緊緊抱住我。我正要把泰熙拉出盒子時，沒想到困住泰熙的「黑暗」就像是怪物般，要把我跟泰熙一起拖進去盒子內！

「不！」

我把泰熙拉出來後，推給海姝，失去泰熙的「黑暗」開始抓住了我，將我往盒子內拉，我感覺自己的身體被慢慢吸進盒子內……就在這時候，海姝抓住了我的手，大叫：「抓緊了！」

此時，我看到海姝和她身後的妖怪差使們，大家一起用力把我拉回來，只剩下有著翅膀的小孩獨自一個人跟盒子戰鬥。

錢鬼看到泰熙被救出來之後，氣得往我們這邊飛來。

「你們這群傢伙！」

海姝趕緊把泰熙交給我，直接正面跟鬼對決。

「現在該來進行最後了結，我這就送你去冥界！」

海姝拿下原本別在頭髮上的紅色髮夾，轉眼之間，海姝手上的紅色髮夾就變成了一把非常巨大的刀。

只見那把刀慢慢變成紅色，就在海姝頭髮往上飄起的瞬間，手上的刀也同時噴出大火。

那就是「日劍」吧？在鬼物室內，那個神祕髮夾的主人，其

實就是海姝。

海姝打開盒子，用劍鋒在盒蓋刺上「鬼」這個字。這時候，朝向海姝跑過來的錢鬼突然停住了腳步，發出痛苦的尖叫聲。

錢鬼的身體變成了煙霧，往「鬼」這個字內飄了進去，此時，那些假盒子也一起被「鬼」字吸進去。

「咚！」的一聲，盒子掉在地上。

鬼物室內好像什麼也沒發生過，又變得安靜起來。

這時候，突然回過神來的泰熙看著妖怪們的臉，對我說：「哥哥，你看——我說過真的有妖怪存在。」

第5章 要加入抓鬼團隊嗎？

海姝坐在桌子對面，表情相當嚴肅，我跟泰熙都感到畏懼，就像在學校等著被老師責罵那樣。

「決定好了嗎？你們要消除記憶，還是不要？」

坐在海姝隔壁的九尾狐，像是在催促我們趕緊回答似的，用她那又長又紅的爪子不停地敲打著桌子。

我一一看過妖怪們的臉，說道：「我不想消除記憶。」

聽到我的回答，一半的妖怪在嘆氣，另一半的妖怪發出歡呼聲，而九尾狐則感到惋惜似的，身體稍微往後靠，雙手抱在胸前。

九尾狐的能力之一是催眠術，因此，她負責的一項工作，是把看到鬼魂的人類記憶抹去。畢竟對大多數的人來說，看到鬼這件事實在太可怕了，如果不抹去記憶的話，有可能會發瘋。

只是這次海姝向我們提出了不同的建議，她讓我們選擇是否要消除記憶，理由是我和泰熙是少數可以看到鬼的人。根據海姝的推測，這種能力應該是天生的。

「很好！不消除你們的記憶，不過，叫你們過來不單單是為了這個，還有另外的目的。」

「還有什麼事？」

「首先，我要說明幾件事情。」海姝在桌上打開一本又大又舊的書，這本書破舊到好像只要一碰到就會裂開似的，封面寫著《鬼之圖鑑》四個字的書名。

海姝小心翼翼的翻開書，她翻開的那一頁，上面有個跟金錢盒子很像的盒子，旁邊還畫了一個人和一隻鬼。我忍不住回想起昨天晚上發生的事，全身開始起雞皮疙瘩。

「人死了之後，就會去冥界。這是冥界的第一法則，也是最重要的法則。可是偶爾也會發生無法去冥界，繼續留在陽間的特殊情況。如果人類不知道自己已經死了，或是在陽間還有恩怨的話，就會拒絕去冥界，這些就是所謂的『鬼』。」海姝嚴肅的向我們說明，停頓了一下，她又繼續說：

「可是鬼無法依靠自己存在於陽間，需要依附在物品上面，因此，鬼魂才會找尋可以讓自己的魂魄依附的東西，這些東西就被稱為『鬼物』。大多數歷史悠久的物品都會成為鬼物，依附在鬼物上的目的，是利用鬼物的力量來誘惑人類，進而搶走人類的陽氣和肉體。」

海姝翻到下一頁，上面畫著一個人撿到金錢盒子後，很開心的樣子，可是那個人的臉非常奇怪，彷彿餓了許久似的，整張臉瘦到凹陷下去。看到這張圖，我忍不住回想起泰熙被鬼迷惑時的模樣。

「拿到鬼物的人，會根據鬼物的特性而獲得不同的幸運，泰熙這次拿到金錢盒子，所以她的幸運就是拿到錢。大多數人只會注意到這個，並不會注意到陽氣正被鬼吸走，即使知道，也會覺得無關緊要，因為人們只會覺得自己的運氣怎麼這麼好。」

聽到這句話時，泰熙的臉漲紅了起來。

下一頁畫的是被關在鬼物內的人，還有搶走人類身體後的鬼。

「當陽氣被吸光之後，鬼的力量就比人類強了，自然也就可以佔據人類的身體。最後，人的魂魄就會代替鬼被關在鬼物之內，而鬼則進入人類的身體繼續生活。我們的任務就是在事情變成這樣之前，找出鬼魂，並消滅它們。」

「如果鬼是出現在妖怪村以外的地方，那該怎麼辦？」

「不用擔心。每個村莊都有抓鬼獵人，全國應該有數千名抓鬼獵人吧！」海姝繼續翻著下一頁，只見她稍微停頓了一下，好像在做什麼決定，她緊閉著眼睛，張開眼睛後，才慢慢翻到下一頁。

在這一頁畫著一個躺在棺材內的人，以及跟那人一模一樣的靈魂，還有一隻鬼。

「這是最糟糕的情況——惡鬼，也就是『夜叉』，就會用這種方法，它們會把人類的身體當成鬼物來使用。」

「這怎麼可能？人如果死掉的話，身體就會腐爛。」

「因此，必須要在身體腐爛之前進行交易。大多數的夜叉會在人剛死的時候就去交涉，因為它們看準了這是人類最脆弱的時候，它們會跟人類說自己可以讓他們繼續活在陽間，只要他們願意讓出自己的身體。人類當然會說好，只是人類並不知道這句話的意思，是作為鬼魂繼續存在。因此，當自己的身體被夜叉搶走之後，人類無計可施，只能變成鬼，然後依附在變成鬼物的身體內。這些人因為身體還在陽間，也無法去冥界。」

「那麼這些人永遠也無法去冥界了嗎？」

「方法倒是有一個。首先，必須把佔據自己身體的夜叉和鬼一起送到地獄之門，當鬼先走進地獄之門，夜叉就會失去力量，而且會跟著走進地獄之門。只是，到了地獄之門，幾乎沒有鬼魂願意主動走進去，可能是因為已經作為鬼魂在陽間生活一段時間，自然而然會產生想要繼續留在陽間的想法。」

九尾狐挺直了腰之後，打斷了海姝說話：「這些可恨的夜叉們，甚至還會做出挖墳墓這種令人髮指的事情。而且把人作為鬼物的話，不論是怎樣的結界都可以穿越，相當讓人頭疼。」

海姝突然有點生氣，兩眼盯著講得相當激動的九尾狐。

「可是你們為什麼要跟我們說這些事情？」我問道。

海姝把《鬼之圖鑑》闔起來之後，認真地看著我的眼睛，語氣誠懇地說：「昨天晚上，你可以聽到被關在盒子內的泰熙所發出的聲音，對吧？」

「嗯。」

「昨天泰熙被關在鬼物內，即使她在鬼物內大叫，也不可能把聲音傳到外面。可是你卻可以清楚聽到泰熙的聲音，而且只有你可以聽到，這是身為抓鬼獵人的我都沒有的能力。」

「有沒有可能是，因為我是泰熙的哥哥，所以才聽得到呢？」

海姝搖了搖頭。

「我們抓過許多鬼，也有許多人類因為抓鬼事件被牽連進來，但是沒有任何一個人擁有跟你相同的能力。」

我有點糊塗了……所以，這是非常神奇的能力？

「我希望你可以幫助我們，你可以聽到我們聽不到的聲音，你跟我們一起的話，一定可以幫助更多的人，免除被鬼危害。」

我有點下不了決心，昨天跟妖怪們一起戰鬥雖然有點可怕，但同時也覺得很有趣。我喜歡看到妖怪們展現超能力，也希望自己可以直接殲滅鬼魂，可是一想到泰熙必須獨自在家，就有點放心不下。

海姝好像早就預料到我會有這種反應，她笑了一聲，接著說：

「我當然不會讓你白做工，你想要什麼報酬可以儘管說。」

「什麼？」

「你跟泰熙從小就可以看到鬼，過得很辛苦吧？因為鬼魂渴望被看到，所以，如果知道人類可以看到鬼，就會常常出現在那些人周圍。因此，如果你願意幫助我們的話，我答應你之後不讓惡鬼出現在泰熙身邊。如何？」

泰熙聽到這句話之後，用懇求的眼神望著我。

看來我也只能答應了。

「好，我願意幫助你們。」

海姝聽完，馬上笑著站了起來，伸出手跟我緊握。

「歡迎你加入！抓鬼團隊的新成員——姜泰株。」

第6章 妖怪聯盟

「進來吧！歡迎你來到妖怪博物館的研究室，這裡可以說是我們抓鬼團隊的祕密基地。」海姝伸手推開那扇寫著「非員工禁止進入」的門，研究室就出現在我眼前。

「哇！這就是你們的研究室？」眼前的景象令我目瞪口呆。

因為這個研究室像極了超級英雄電影裡會有的實驗室，不只有玻璃牆、大理石地板、各種武器，甚至還有全息攝影的觸碰式螢幕，感

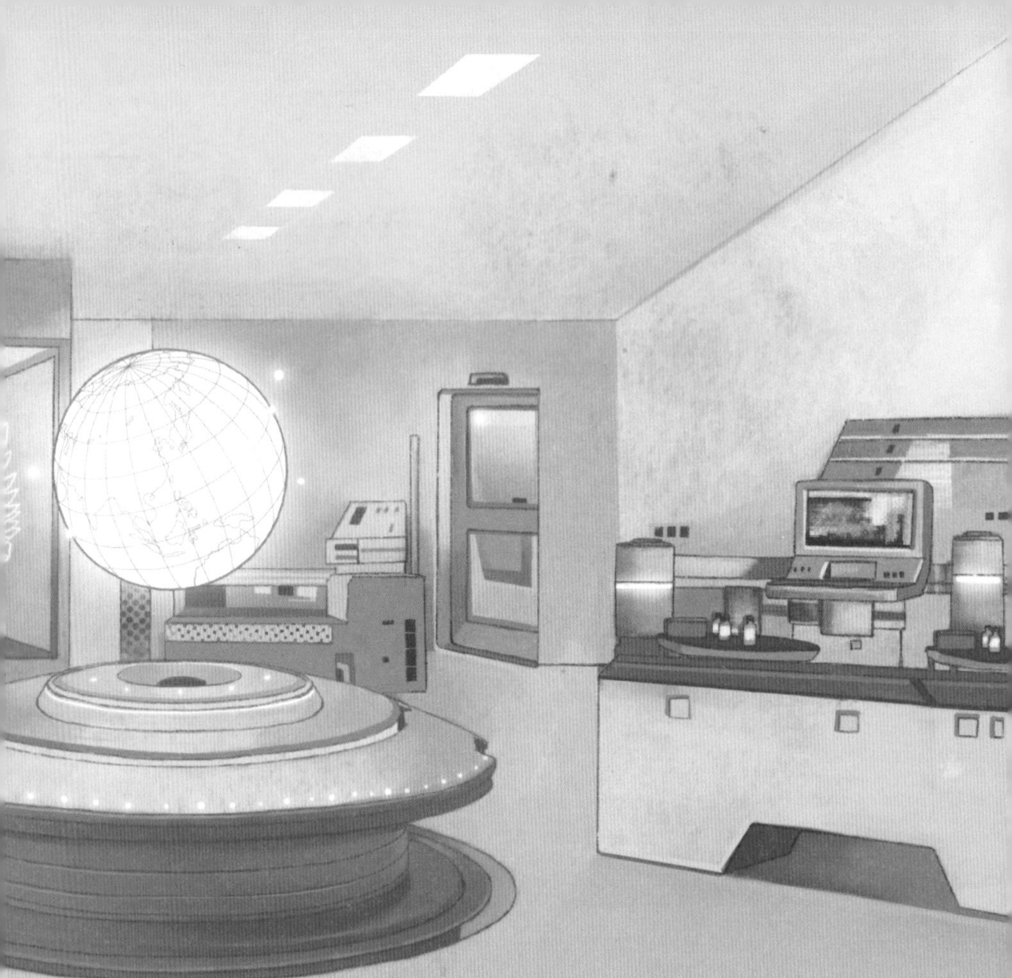

覺像隨時會有身上裝著原子彈的超級英雄跳出來似的。

「抓鬼獵人團隊是什麼？」

「就是我們這個團隊。通常抓鬼獵人都是一人獨行，但是我們可以

把鬼送到冥界，所以我和幫助我的妖怪差使們組成一個團隊，取名為『抓鬼獵人團』。」海姝用手指輕輕碰了一下玻璃牆之後，玻璃上面立刻出現一幅巨大的韓國地圖。

「這張是朝鮮八道的鬼通報地圖，雖然是古代的地圖，但是，數位化之後可以像這樣呈現在螢幕上。當村裡出現鬼魂的時候，這裡的紅燈就會亮起來，以示警報，全國只有我們妖怪村擁有這套先進的數位化系統。」

我在地圖上找到妖怪村之後，用手指點了一下，這時候妖怪村地圖變大，同時出現了海姝和妖怪們的個人資料。

可是……好像有點奇怪，眼前妖怪村的紅燈是亮著的狀態，也就是說，現在妖怪村內有鬼的意思了。那現在抓鬼獵人團隊不是應該馬上出動嗎？可是海姝卻只是把那個警報燈關掉而已。

「這……這個可以不用管它，沒有太多時間了，我們去下一個地方看看吧！」

海姝打開左邊的門，這是一間擺滿巨大書籍的歷史室。

「這些都是跟妖怪相關的書，包括《三國史記》、《三國遺事》、《狐狸野談》等各種跟妖怪或鬼相關的書，而且全部都是初版，這些都是無法估價的珍貴書籍，一定要小心翻閱。」

正如海姝所說，這些書看起來隨時都可能風化。不過，引起我注意的不是這些古書，而是旁邊陳列架上的畫作。那些畫作根據時間順序排列，其中我最感興趣的是描述「壬辰倭亂」的畫作。

海姝走到我身旁，開口向我解釋：

「這是壬辰倭亂時代的妖怪村。仔細看的話，還可以看到妖怪們。當時的妖怪們為了保護百姓，變成人類去跟倭敵作戰。雖然最後死於倭敵的刀下，但是閻羅王憐憫他們的犧牲，於是給了他們變成差使的機會，而且還約定如果他們可以保護妖怪村五百年平安無事的話，就可以重新投胎做人。」

「那麼，妳又是何時成為妖怪村的抓鬼獵人呢？」

「妖怪們來到這個村莊是壬辰倭亂後的一五九八年，算起來應該超過四百年了吧？」

「什麼？妳現在到底幾歲？」我吃驚的叫了出來。

「我在五百歲之後，就懶得計算年齡了。」

這個在外表上，不管怎麼看都只是小學生的人，居然已經超過五百歲了？人類可能活超過五百歲嗎？

海姝發現我驚訝的表情之後，笑著說：「天界的時間和陽間不同，在天界五十年，相當於陽間的一年，而且天界的小孩一出生就可以馬上說話、走路和自行生活，這一點也跟陽間不同。我如果用陽間的時間來計算的話，現在應該是十一歲吧？跟你同歲。」海妹說完，拍拍我的肩膀，就走了出去。

我心想著，以後我不可以隨便頂撞海妹。

正準備走出歷史室，我注意到牆上掛著一幅畫。畫中海妹使用的紅色日劍和一把藍色的劍並列擺在一起，畫裡面的海妹和一位面貌相似、穿著藍色韓服的男孩站在一起。

「這人是誰？」

原本打算開門走出去的海妹，再次走回來和我一起看著這幅畫。

我發現海姝的臉色變得憂鬱。

「他是我哥哥，我唯一的家人。」

「妳也有哥哥？那他現在人在哪裡？」

「不知道……在某個地方受罰吧……」

海姝的心情變得不太好，好像不太想回答這個問題，獨自走了出去。我感到有點不安，只好安靜的跟在她的後面，走出歷史室。

海姝打開另外一扇玻璃門，躲在裡面的妖怪們全都跑了出來。

「歡迎你成為抓鬼獵人團隊的成員！」

一陣喧鬧之後，妖怪們開始自我介紹，並一一跟我握手。

九尾狐是在妖怪村擔任醫生的九瑋良、全身都是鱗片的人魚是擔任游泳老師的姜宇蔚、開報社的巨型鼠叫萬事通、擔任公車司機而且身體可以分成兩半的叫半仲仁。雖然彼此認識不久，但是感覺都像老朋友似的。

「雲中飛呢？」

海姝在問的是那位有翅膀的小孩，原來他的名字叫雲中飛。

「雲中飛去學校上課了。雖然他用天界的年齡來算已經四百多歲，但是外表依然是個小孩，這也是沒辦法的事情。」

姜宇蔚說他跟雲中飛有準備東西要給我，於是從抽屜內拿出一個購物袋。

「這是什麼？」

「加入抓鬼獵人團隊的禮物。我們打聽了你喜歡的東西，泰熙說是棒球，希望你會喜歡這個禮物。」

我打開購物袋一看，裡面是棒球手套和棒球。我低著頭，感到有點不好意思，輕聲的跟大家說謝謝。

「好了，派對到此為止，現在是介紹我們祕密武器的時間了。」

海姝把手放在玻璃牆上，螢幕馬上出現認證海姝手掌的畫面。通過辨識，牆壁翻轉之後，出現了各種武器。

「這些都是提高妖怪超能力的武器，雖然現在還在開發階段，但將來一定可以派上用場。」

「不過，海姝，妳的超能力是什麼？」

「劍術。雖然妖怪們可以暫時消滅鬼，但是無法把鬼送到冥界，可以做到這件事情的只有抓鬼獵人而已。每位抓鬼獵人都有各自使用的主要武器，海姝的能力就是用燃燒著熊熊火焰的日劍把鬼送到冥界。不過我覺得海姝真正的能力應該是擒拿術，不需要依靠任何武器，她空手打架的模樣簡直帥到不行。」九璋良拍拍海姝的肩膀，自豪的說。但海姝卻顯得不太滿意，她搖搖頭說著：

「不過，現在我們只有防禦的武器而已，還無法主動攻擊，這些都只能被動防禦，根本就是沒用的武器。」

「那是月株的想法。」一旁的九瑋良插話強調。

「為什麼要提到哥哥？」海姝面露怒氣地回應。

氣氛突然變得很尷尬。

我覺得要說點什麼，來改變一下氣氛，轉身提問：「從需要武器這點看來，鬼的力量是不是很強啊？」

姜宇蔚搖了搖手說：「不是這樣的，這些都只是備用而已。海姝在村外佈上了結界，過去百年間幾乎沒什麼鬼出現，因為幾乎都被我們消滅了，但沒想到上次突然……」這時候，其他妖怪都瞪著姜宇蔚看，好像是要提醒他說話小心一點。

「我的意思是出……出現意料之外的事情。不用擔心，不可能又會有膽大包天的鬼魂來到這裡。」姜宇蔚邊擦拭額頭，邊露出難為情的笑容。

海姝又看了姜宇蔚一眼，之後，就帶著大家去鬼物室，海姝最後介紹的地方是地獄之門。

地獄之門由青銅打造而成，巨大的門上刻劃著露出可怕牙齒的鬼怪。我正想上前摸一下門把，馬上被海姝阻止了。

「只有鬼魂可以通過這扇地獄之門，地獄之門被打開之後，鬼魂出身的冥界守門官就會出現，開門的代價是必須獻上一隻鬼。如果無法獻上鬼的話，守門官是不會善罷甘休的。因此，絕對不可以隨便打開這扇門。我是為了提醒你要小心，才跟你說這些。」

這時候，博物館門口傳來孩子們的腳步聲，原來是雲中飛和一位女孩一起走了進來。一進門就大聲說：

「海姝！我帶來一個遇到鬼物的人。」

「又出現一隻不知天高地厚的鬼。」姜宇蔚嘆了口氣說。

第7章 變長吧！變長吧！頭髮變長吧！

雲中飛帶來的女孩名字叫做娥美，娥美一直用眼角的餘光，偷看坐在她對面的海姝，然後靠近雲中飛，在他的耳旁「小小聲」的問：「我真的可以相信這個人嗎？這個小姑娘真的可以除鬼，而且還是獨自一人？」

聽到這裡時，坐在海姝旁邊的我忍不住笑了一下。

雲中飛推開娥美，對她說道：「妳現在都這個樣子了，還在說這種話？如果妳不相信的話，就自己解決吧！」

「你們要說悄悄話，就應該小聲說，不然大家都聽到了。」原本不發一語的海姝突然插話，娥美被嚇了一跳。

「非常抱歉！他說要帶我去見一位可以抓鬼的人時，我以為會是高齡的老奶奶，或是身材魁梧、力大無比的大叔。」

「抓鬼靠的不是力氣或是大小聲，需要的是智慧和技術。好了，先說說看妳遇到了什麼事情？」

娥美深深的吸了一口氣後，開始說出事情的經過，那是三天前在學校發生的事。

「寶兒，妳今天的頭髮真的好漂亮，跟洋娃娃一模一樣！妳是怎麼綁的？」

「這個只要把瀏海分成兩束，再綁成辮子就好。不過，這個要頭髮夠長，綁起來才會好看。」

娥美正準備走進廁所，突然停下了腳步。因為廁所內傳來寶兒的聲音，娥美一點都不想遇到她。本來想轉身離開，但實在憋不住尿意，娥美猶豫了一會兒，還是決定走進廁所，只見到寶兒和賽綸正在照鏡子。

「嗨！娥美。」

面對寶兒的招呼，娥美選擇轉頭忽視，不理會她們。

娥美、寶兒、賽綸原本是妖怪國小內有名的「公主三劍客」：擅長游泳的寶兒是人魚公主，會跆拳道的賽綸是花木蘭，而頭髮又長又茂密的娥美，外號則是長髮公主。

其他兩個人都是因為才華，而取了相對應的外號，唯獨娥美的外號是根據外貌所取。當然這也是因為她沒有什麼特殊才能，才不得不這樣做。但是娥美非常喜歡「長髮公主」這個外號，因為這代表自己很漂亮。

不知何時開始，寶兒常常問娥美如何綁頭髮，娥美也把自己知道的所有方法都告訴她。看到寶兒因為頭髮分岔不好看，還有髮量少而感到壓力時，娥美會覺得於心不忍。但矛盾的是，娥美發現寶兒再怎麼努力打扮也無法超越自己時，內心的優越感也油然而生。

可是，有一天，寶兒的頭髮突然變得比娥美還要好看，不只如此，就連頭髮長度也比娥美長，髮

質閃閃動人。

看到寶兒的模樣，不服氣的娥美突然發脾氣：「妳以後不要再學我了！」因為娥美沒有其他才華，所以很想守住長髮公主這個外號。不過也因為自己這樣亂發脾氣，兩人的關係因此決裂，至於跟寶兒一樣擅長運動的賽綸，則選擇站在寶兒那邊。

「賽綸，我們走吧。」

看到娥美完全不想理睬自己，寶兒就跟賽綸一起離開廁所了。

娥美上完廁所之後，站在空無一人的廁所內照鏡子。她看著自己的髮質健康，而且很長，但如今卻都無法跟寶兒的頭髮相比。

「她一定動了什麼手腳，不然的話，頭髮不可能突然變得這麼長又這麼多……她是不是用了什麼特別的洗髮精？或是去美容院植髮？」站在鏡子前的娥美，突然看到一把小小的梳子。

那是一把用木頭做的扁梳子，看起來很像古人用的「篦」。

「是誰忘記拿走了嗎？」

雖然看起來是一把很舊的梳子，但是娥美突然想佔為己有。

她看了看四周，沒有其他人。娥美心想，即使自己拿走它，應該也沒人會知道……

「應該沒有人會因為掉了一把舊梳子而四處尋找吧？我就拿走

了。」娥美把梳子放進口袋，快步離開廁所。

快放學的時候，娥美突然聽到寶兒大呼小叫。

「啊！我的梳子！我的梳子在哪裡？」

賽綸問：「什麼梳子？」

「我的篦子。那是去旅行時，媽媽買給我的。到底掉在哪兒了？是不是放在廁所了？」

聽到寶兒這樣說，賽綸趕緊跑去廁所尋找，當然找不到了。

娥美知道自己口袋內的梳子是寶兒的東西之後，原本想物歸原主。沒想到就在這時候，寶兒氣得大聲說：「一定是被誰拿走了！我們班上有小偷！我要告訴老師。」

小偷？

聽到這裡，娥美突然停住了腳步。

「我只是撿到而已，就是小偷嗎？她自己沒有好好保管東西，難道沒有錯？算了——不管她，反正，這梳子是我的了。」娥美趁寶兒去找老師的時候，趕緊背起書包，匆匆忙忙地離開教室。

娥美就這樣一路跑回家，回到家時，聽到媽媽叫她洗手吃點心也沒有停下腳步，而是直接衝進自己的房間。

娥美的心臟撲通撲通地跳個不停，感覺快要爆炸了。

「我們班上有小偷！」

寶兒的話在娥美腦中揮之不去。雖然她是為了報復寶兒而故意拿走梳子，但是內心還是非常不安。

「這樣不對……我明天還是拿去還她吧！」娥美想到要歸還，內心還是有點不捨。於是，當天晚上，她用那把篦子梳頭髮，還梳了好幾回，然後早早入睡。

當天晚上，娥美做了一個奇怪的夢，夢中出現一個臉色蒼白，頭髮又黑又多的女人。

那個女人用著又長又尖的手指甲，一邊輕輕梳著娥美的頭髮，一邊說：「變長吧！變長吧！頭髮變長吧……」女人說話的聲音就像用手指甲刮在黑板上，聽起來令人毛骨悚然。

娥美被那個聲音嚇到驚醒過來！她看了一下時間，已經是早上六點，乾脆起床準備上學。她走到鏡子前，被自己的模樣嚇了一跳。

「頭……頭髮……是怎麼回事？」

鏡中，她的頭髮不僅長至腰部，髮量也增加了不少，甚至還散發出光澤，簡直就是童話故事的長髮公主。

「原來寶兒會心急如焚，想要找回梳子的原因是這個？因為這是一把可以讓頭髮變長、變多的魔法梳子！」

娥美對於自己可以拿到寶兒的魔法梳子，感到非常開心，以至於把歸還梳子的決定也忘光光了。

那天早上，當娥美走進教室的時候，同學們的視線都集中在她身上，更加準確地說，是在看她的頭髮。

娥美心想，看來今天早上不吃飯，花了那麼長的時間看影片學著綁頭髮，真是非常值得。

同學雲中飛一臉問號，走近娥美說：「娥美，妳今天頭髮非常好看，妳是怎麼綁的？」

「就是看著影片綁啊！怎麼了？」

「只是覺得妳今天看起來有點不一樣……」

這時候，教室門被打開，寶兒走了進來。

「喔，寶兒，早安。妳的頭髮……」

雲中飛看到寶兒的樣子時，突然說不出話，因為寶兒的頭髮在昨天明明還很多、很好看，但是今天看起來就像洩了氣的氣球，髮型整個扁塌下來。

娥美瞬間感到恐懼。

「沒有梳子之後，就會變成那樣嗎？」她心想。

娥美有點擔心，可是看到同學們對自己露出羨慕的眼神時，馬上就忘記了，因為她太享受被大家注目的感覺，娥美甚至有點捨不得放學回家。

放學時，娥美背起書包，正準備往外走時，寶兒出現在旁邊。

「娥美，妳今天的頭髮好美，不過才一天而已，頭髮就變成這樣……該不會是用了什麼魔法梳子吧？」

娥美無法回話。

從寶兒問話的方式來看，她應該已經知道是娥美把梳子拿走了，也就是娥美成為寶兒口中的「小偷」了。

可是，就在娥美想開口認錯之前，寶兒輕輕拍了拍娥美的肩膀後，就轉身離開教室。這個舉動，讓娥美突然又不想把梳子還給她。

「妳就是因為倒霉才會發生這種事情，妳就受點罪吧！我偏偏不還妳梳子。」

當天晚上，娥美又花了好幾個小時看著影片練習綁頭髮，因為現在髮量很多，髮質又很好，所以不論是哪種綁法，看起來都相當漂亮。雖然很難從中挑選出最好看的髮型，但是，一想到明天又可以吸引全班同學們的眼光，娥美就忘記了時間。

為了讓頭髮變得更漂亮，娥美在睡前又利用撿來的梳子梳了頭髮。那天晚上，娥美在夢中，又夢到了那個長髮女人。

隔天，娥美醒來之後，發現有點奇怪。

「額頭好像變窄了。」

明明頭髮變多，髮質也變好了，但是臉看起來有點奇怪……娥美仔細看了看，額頭果然變窄了。雖然她有點被嚇到，但是心想，只要用頭髮遮一下額頭，應該還好。

今天也如娥美預期的那樣，同學們都對她的新髮型感到羨慕。不過，還有一個人也受到關注，那就是寶兒。

「寶兒，妳的頭髮怎麼了？為什麼這樣子來學校？」賽綸滿心擔憂的看著寶兒，因為寶兒的頭髮完全像一個鳥巢，看起來就像是故意不梳頭髮，讓頭髮蓬亂的樣子。

只是，奇怪的不只是寶兒的頭髮，就連寶兒整個人也像是失去靈魂，她坐在椅子上，一句話也不說。

就這樣呆坐了一整天的寶兒，在放學時，緊跟在娥美身後。寶兒一路跟著娥美走到家門口時，突然開口說：

「趁我現在還客氣，好好跟你說話，快點把梳子還來。」

娥美沒有勇氣回頭看寶兒，於是看著前方回答：「什麼梳子？」

「我的篦子，被你拿走了。」

「我沒有。」

「一定是妳拿走的。」

「我沒有！」娥美的聲音越來越大聲，因為她實在太生氣了，於是轉身正面看著寶兒。

寶兒不甘示弱，雙眼盯著娥美，兩人就這樣互瞪了好一會兒，最先打破沉默的是寶兒：「反正妳也不知道梳子的使用方法，妳以為夢中出現的『男人』梳了梳妳的頭髮，妳的頭髮就會變好看嗎？」

「是女人。」

「妳怎麼知道是女人？妳不是說妳沒有拿走梳子。」

娥美發現說溜嘴，趕緊用雙手摀住了嘴巴。

看到娥美驚慌失措的表情，寶兒笑得東倒西歪。娥美看她這副模樣，感覺像是變了另外一個人。

「哈哈哈哈……真的太好笑了！算了，算了，那個梳子妳就拿走吧！反正過了今晚，我就可以拿到新的梳子。」

「新的梳子？那是什麼意思？還有其他這種梳子？」

「怎麼了？妳打算再把它偷走嗎？妳這個小偷！」

娥美看著呵呵笑的寶兒身影，忍不住渾身顫抖。

當天晚上，娥美看著鏡子，邊梳著頭髮，邊說：「新梳子？好啊！看看跟這把梳子有何不同？等著瞧！只要我更加努力地梳頭髮，就可以長出更多、更長、更美的頭髮，這樣一來，誰的頭髮都無法比得過我。」娥美梳了很久的頭髮，才心滿意足的去睡覺。

這次，她又夢到那個長髮女人，她的聲音聽起來依舊很驚悚：

「變長吧！變長吧！濃密的頭髮變長吧……」為了能夠有一頭漂亮的頭髮，娥美願意忍受這個聲音。

就在這時候，除了像是用手指甲刮黑板發出的聲音，娥美還聽到另一個熟悉的聲音：「姊姊，妳什麼時候會給我新的梳子？」

那是寶兒的聲音？

長頭髮的女人就像安撫幼兒那樣，溫柔的說：「再等等，妳跟我

去一個好地方，就可以拿到新的梳子。」

娥美順著聲音，轉頭一看，只見那個女人的身後背著寶兒，而寶兒就像睡著似的，閉著眼睛。

娥美因為太過驚嚇，忍不住想要轉移視線，沒想到跟那個女人對上了眼睛。

「被聽到了啊……」

「啊啊啊啊啊！」娥美發出尖叫聲，她醒了過來，忍不住喘著氣。娥美看了看四周，並沒有看到女人和寶兒。

她喃喃自語：「我是在做夢嗎？」娥美不停地用雙手拍打著自己

的雙臉，好讓自己清醒過來。

早晨，陽光灑進房間。這時候，娥美聽到房門外的媽媽似乎正在跟誰講著電話：「寶兒不見了？沒有，寶兒沒有來我們這裡，會不會去賽綸家了？」

娥美全身僵硬了起來。

娥美想起了昨天晚上的夢，突然覺得背後發涼。她感到不安，於是跑出家門。

心神不寧的娥美漫無目的地在外面亂走，原本穿著連帽衣服的她，把帽子套在頭上，這時，突然刮起一陣狂風，把帽子吹掉。

就在這時，娥美看到停在路邊的車，從後照鏡看到自己。

「這……這是……」

望著鏡子裡的自己，她看不下去了，於是再次戴起帽子。

「這都是因為篦子。寶兒消失了，我的臉也變得好奇怪……該怎麼辦？這時候可以找誰幫忙？」

就在娥美低著頭走在路上，不知道該如何是好的時候，遇到了同班同學雲中飛。

第8章
月株的祕密

娥美說完事情的經過，慢慢脫下帽子……我被她的樣子嚇到，忍不住叫了起來：「天啊！」

連海姝也被嚇呆了。

娥美放聲痛哭起來：「嗚嗚嗚……都是寶兒的錯，她嫉妒我的美貌，然後對我下了詛咒！」

娥美的額頭上長滿了頭髮，看起來很像是猩猩。其實……這句話有點對不起猩猩，因為娥美的樣子更嚇人。

雲中飛對著哭哭啼啼，重新戴上帽子的娥美說：「什麼下詛咒？這是鬼在作怪。海姝，這次是什麼鬼？」

「我要先確認一下，把梳子給我。」

娥美邊哭邊從口袋拿出梳子，那是一把看起來很老舊，而且還掉了幾個梳齒的篦子。

海姝把梳子前前後後，仔細檢查了一遍，然後開口問道：「梳套在哪裡？」

「梳套？」

「這把梳子應該還有一個梳套，妳口袋內沒有嗎？」從娥美一臉茫然的樣子看來，梳套應該不在她身上。

海姝站了起來，從鬼物陳列架上拿出一本古書，那本看起來隨時都會風化的古書，在翻開之前揚起了灰塵。

海姝小心翼翼的把古書放在桌上，然後翻到寫著「長髮鬼梳」的那一頁。

「你們看這裡寫著：『長髮鬼梳。用這把梳子梳頭髮，頭髮就會變長，同時，接觸到陽光的皮膚也會長出頭髮。當頭髮長過預期的長度，或是在不該長頭髮的地方長出來時，把梳子放入梳套後，再次取出，這時，梳子就會變白色，而且讓頭髮消失。』所以，只要把梳子放入梳套就可以了。」

「那……如果找不到梳套的話，我一輩子都會是這個樣子嗎？」

感到絕望的娥美用雙手遮住了臉。

我忍不住生氣的對娥美說：「這時候，妳不是更應該擔心妳的朋友寶兒消失的事情嗎？」

娥美好像沒有聽到我的聲音，繼續低著頭。

海姝搖了搖頭說：「只要找到寶兒，一定就可以找到梳套。因此，要先找出寶兒。我們今天晚上十一點會去妳家，妳先回家等著。

不要跟爸爸媽媽說這些事情，妳只要先裝睡就可以。啊！對了，記得窗戶一定要打開。」

「我知道了。」

娥美邊哭邊回答，然後被雲中飛送回家。

當天晚上，我和海姝通過窗戶進入娥美的房間。過了一會兒，才看到臉色蒼白的娥美出來迎接我們。

她的家人們應該都睡著了，屋內一片寂靜。

「現在該怎麼辦？」娥美焦急的問。

海姝從紅色披風的口袋中，取出篦子、針和線，並交代娥美：

「首先，妳把穿著線的針夾在篦子上，當鬼用這把梳子梳妳的頭髮時，這根針就會插入鬼的指甲內。當鬼魂梳完你的頭髮，要離開時，我們就順著針上的線跟蹤它。」

「鬼魂會走多遠？萬一線不夠長該怎麼辦？」

「這不是普通的線，這是在神話故事中出現過的魔線。傳說為了抓住鬼，可以先在衣服上插入穿好線的針，然後等鬼離開後，再順著線抓到鬼，這次我們用的就是這個方法。沒有時間了，馬上就是午夜，妳快去躺好。」

娥美半信半疑，收好梳子後，躺下來假裝睡著，我和海姝則在房間內四處找尋可以躲藏的地方。結果都沒有找到適合的，最後只能選擇躲進衣櫃。

可是海姝站在衣櫃前，臉色突然發白。

「妳怎麼了？是不是哪裡不舒服？」

「我……怕黑。」

我大吃一驚！抓鬼的人居然怕黑？這就像是怕水的游泳選手或是懼高症的飛行員，實在讓人難以相信。

我認真地回想了一下，妖怪博物館確實跟一般博物館不同，通常博物館內只會在需要照明的地方開燈，但是妖怪博物館卻處處明亮、燈火通明。

我拍了拍正在發抖的海姝，海姝露出了尷尬的笑容。今天正好是滿月的日子，因為月光明亮，我們即使躲在衣櫃內，依然可以清楚看到屋內的動靜。

海姝好像還在害怕，不停地深呼吸。我為了緩和氣氛，開口說：

「我可以問妳一些事情嗎？」

「你想問什麼？」

「妳的哥哥為什麼正在受罰？」

海姝突然停止了深呼吸。

「……這是祕密。」

「是喔？那我先跟妳說一個祕密，妳就可以告訴我了。其實我不喜歡棒球，我喜歡足球，我是因為泰熙喜歡棒球才假裝喜歡的。」

海姝聽完忍不住笑了出來，氣氛稍微輕鬆了一點。

不過，海姝還是一句話也不說，我洩氣的轉頭。

過了不久，海姝就像在說悄悄話，小聲的說：「哥哥是被天界趕出來的……他可能正在陽間四處流浪並受罰吧！」

沒想到我的提問反而讓氣氛更加凝重了。

海姝繼續說：「我的哥哥也是抓鬼獵人，他的能力備受肯定。他在冥界的主要工作是判斷那些被帶到冥界的人，是否真的陽壽已盡，或者是不是可以來冥界，因為冥界差使偶爾會出錯，把陽壽未盡的人帶到冥界。」

平時看起來總是很堅強的海姝，此時聲音卻有點發抖：「可是……有一天哥哥把一個人的陽壽增加了，而且還偷偷把那個人再次送回陽間。哥哥就是因為這件事被逐出天界。」

「那妳無法再次見到他嗎？」

就在這時，聽到「嗖」一聲，就像刀在半空中揮砍的聲音。

「來了！」

透過衣櫃縫隙觀察屋內動靜的海姝低聲的說，我也小心地移動身體，透過縫隙往外看。

一個身穿白色素衣，有著濃密長髮的女人，一張臉白到透亮，她像落葉般輕飄飄坐到娥美的枕頭邊，果然是長髮鬼沒錯。

娥美似乎也感覺到鬼的出現，身體輕微的發抖。

如海姝預料，那個白色素衣的女人用又長又尖的手指甲抓起梳子後，開始邊梳娥美的頭髮，邊說：「變長吧！變長吧！頭髮變長吧……長到可以勒住脖子……」她的聲音既像在唱歌，也像在悲鳴。

我聽了全身都起雞皮疙瘩。

這時候，除了鬼的聲音，房間內還傳來另外一個聲音。這次，是人的聲音：「變長吧！變長吧！頭髮變長吧！變長之後才能夠給我新梳子……」

海姝稍微打開一下衣櫃的門，才看得到另外一個聲音的主人。原來長髮鬼的背上，有一位少女正在跟鬼一起唱歌，她應該就是寶兒，可是寶兒的身體怎麼跟鬼一樣透明。

「難道寶兒已經變成鬼了？」

我為了看得更清楚，將身體靠近衣櫃的門。沒想到，一不小心就把衣櫃門推開了。

被嚇到的鬼轉頭看我，但真正被嚇到的人其實是我，因為我發現那個鬼的眼睛，沒有眼球。

原本蜷縮在衣櫃裡的海姝也伸腳踏出來，大聲喝斥：「妳這傢伙！我抓鬼獵人海姝一定要讓妳現出原形！」

看到海姝出現，長髮鬼回過神來，馬上背著寶兒往窗外跑。

「不好了！長髮鬼逃走了！」原本還在裝睡的娥美坐了起來，大聲喊叫！

她沒料到事情的發展是這樣，嚇到用手指著窗外……

「沒時間了！快追！」不知何時已經站在窗檯上的海姝喊道。

「什麼？怎麼追？」

「跳下去！」

站在窗檯上的海姝立刻不見人影！她果然跳下去了。

我嚇得趕緊跑到窗戶旁邊，往下一看，海姝正在比手勢叫我快點跳到雲中飛的懷內，我這才鬆了一口氣。

我擔心地問：「不重嗎？」

「如果這樣就覺得重的話，你也太小看我了！」雲中飛說。

娥美看到我的臉色發青，我來不及細想，鼓勵她一起跳向雲中飛。我們兩個跳下去之後，雲中飛抱著我們來到地面，我看到大門那邊停著一台公車，公車上的妖怪們比手勢叫我們快點過去。

坐在駕駛座的半仲仁焦急的想猛按喇叭，坐在副駕駛座的姜宇蔚為了阻止半仲仁而直冒冷汗。

我們小心的打開大門，搭上了公車，海姝一坐上公車，就把繞線板丟給坐在副駕駛座的姜宇蔚，只見繞線板上的線正快速的被拉走。

「快！出發跟上去！」

半仲仁收到海姝發出的信號，立刻啟動了引擎、猛踩油門，公車隨著線拚命往前開。

這時候，娥美顫抖個不停。

「鬼……有鬼……」

啊！我突然想到娥美是第一次看到妖怪，難怪會這麼害怕。娥美顫抖地環視四周，雲中飛收起翅膀，跟娥美介紹了車內的妖怪們。娥美好像有聽懂似的，不停地點頭，但臉上依然露出恐懼。

魔線把大家帶到一棟廢棄的小屋前面，看到眼前的景象時，萬事通忍不住煩躁地說：「沒錯！鬼就在那裡面！這麼遠就聞得到那隻鬼的惡臭氣味了。」

我們來到那棟廢棄的屋子前，那個味道臭到必須摀著鼻子。

海姝下車後，用衣服遮著嘴巴說：「從現在起要非常小心，那隻鬼帶著寶兒，在確定寶兒的安全之前，不能傷害到那隻鬼。」

海姝對妖怪們發出信號，大家馬上衝進廢屋。海姝慢慢把繞線板收起來，跟在妖怪後面，我和娥美則跟在海姝的後面。

線連接到屋內，先進到裡面觀察情況的妖怪們站在兩側，讓出位置給海姝，海姝走過來，雙手往上展開，大聲喊道：

「我抓鬼獵人海姝，今天就送妳到冥界！」

房間的門「哐」地一聲，被打開之後，那隻鬼果然在裡面。只見那隻鬼留著一頭又黑又長又濃密的頭髮，身上穿著輕飄飄的白色衣裳，而寶兒靠在那隻鬼的膝蓋上睡著了。

第9章 章魚腿長髮鬼

「變長吧！變長吧！頭髮變長吧！長到可以勒住脖子……」

毛骨悚然的歌聲在屋內環繞，寶兒像睡著似的，躺在那隻鬼的膝蓋上。我因為聽見鬼的歌聲嚇得全身發抖，但是海姝卻像沒事一般，往前走了一步，繼續靠近長髮鬼。

「鬼魂必須去冥界才對，結果妳不但留在陽間，還膽敢危害人類！我可以讓妳毫無痛苦到冥界，妳就乖乖去吧！」

長髮鬼完全無視海姝的話，繼續梳著寶兒的頭髮。

「差不多了，如果順利的話，我可以一次帶走兩個靈魂。我想『那位』應該會很開心吧？」

「妳在說誰？」

「看到我的美貌時，『那位』就說這對於執著外表的孩子們一定會是很好的誘惑，於是把我送到這裡，我等這一天已經等好久了。」長髮鬼突然停下梳頭髮的動作，狠狠盯著海姝說：「我跟這孩子已經合體，現在已經成定局了。」

「妳以為我會這樣放過妳嗎？」海姝拿下髮夾，髮夾在海姝手上變成一把日劍。

「哼！妳只有這個嗎？」

長髮鬼的頭髮突然像章魚的腿那樣散開來，並且蠕動著，頭髮也開始飛向妖怪們。

「快跑！」

雲中飛聽到海姝的提醒之後，趕緊快速逃往天空，九瑋良噴出火焰來阻擋頭髮。半仲仁雖然被頭髮纏住，但是他可以把身體分成兩半，然後逃脫出來。姜宇蔚使用水鞭，把頭髮通通揮走，海姝用力揮動日劍，可能是害怕火的關係，長髮鬼的頭髮無法靠近海姝。

但我和娥美，還有萬事通就有危險了。我們無法飛上天，也無法變出什麼把戲，面對長髮鬼的攻擊完全束手無策，被頭髮纏著的萬事通怨嘆的說：「可惡！我也想要擁有射擊或飛翔的能力，只會使喚老鼠們有什麼用？現在居然還被這種雕蟲小技欺負？」

長髮鬼用頭髮纏繞住我們的身體，然後甩上天空，雖然這樣說有點荒謬，但長髮鬼的頭髮看起來就像是遊樂園裡的遊戲設施。

長髮鬼把我們抓起來後狂笑：「你們是抓鬼的妖怪？你們以為幫助人類，就會比鬼更高一等嗎？你們跟我才是同類。」

我的身體被這些像是章魚腿的頭髮抓住，不停的扭動。九瑋良在我身邊，想尋找可以救我的機會。此時，娥美因為呼吸困難，開始咳個不停。

我深深吸了口氣，對雲中飛說：「先救娥美！」

「你這傢伙又開始了，不擔心自己，先擔憂別人。知道了。我先救娥美，你可不要後悔啊！」

雲中飛說完，馬上飛到娥美那一邊，九瑋良也趕過去幫助他，九瑋良用銳利的指甲解開頭髮；姜宇蔚也趕過去，用水鞭切斷頭髮。可是，這些頭髮不知道從哪冒出來，總是切不完，始終無法靠近娥美。

正在用日劍斬斷頭髮的海姝說：「有點奇怪，這些長頭髮怎麼切

都切不完？先好好觀察一下。」

其實不用仔細觀察，我也能知道原因，因為在高空的我可以看清楚下面的情況。妖怪差使們即使把頭髮切斷，馬上就會生出新的頭髮。因此，不管怎麼切都切不完。

看來，現在除了直接攻擊長髮鬼，別無他法了。可是有點困難，因為長髮鬼身上還抱著寶兒。

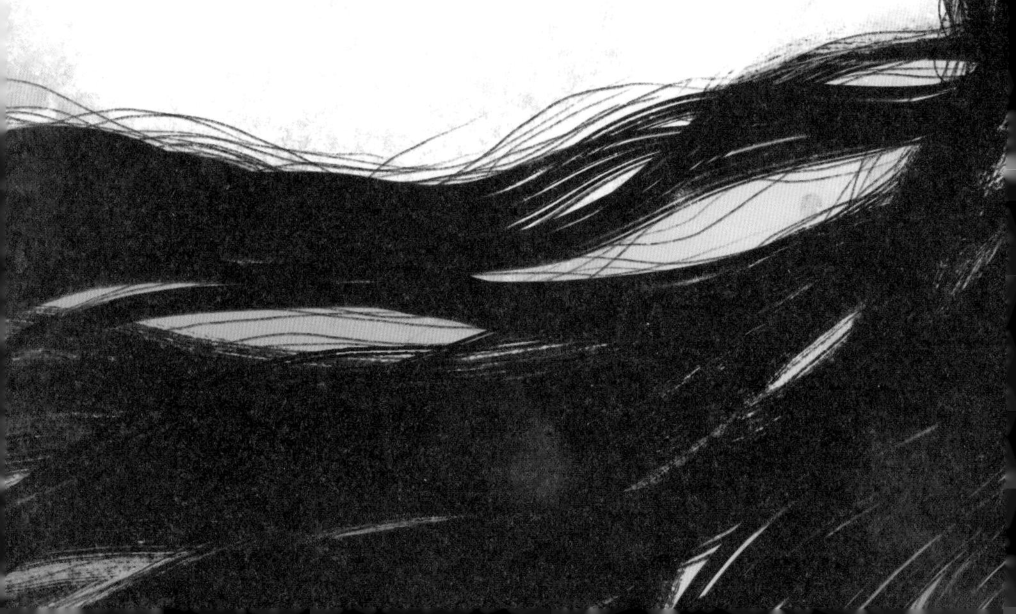

「哈！再過一會兒，這孩子就是我的了。哈哈哈哈！」長髮鬼的笑聲讓我渾身起雞皮疙瘩。

就在這時候，海姝好像想起什麼，跑去找雲中飛。雲中飛雖然正在忙著用雙手拉斷頭髮，依然很認真在聽海姝說話。雲中飛丟掉手上的頭髮，抓起海姝的手，飛上了天空。

「妳這隻醜陋的長髮鬼，試試看是不是能夠抓到我啊？這頭髮看起來像極了醜陋的章魚腳，妳應該不是長髮鬼，而是要叫妳章魚鬼吧？沒關係，這樣跟『禿頭』比較配。」

「什麼？禿頭？」

正抱著寶兒的長髮鬼聽到「禿頭」兩個字後，猛然抬起了頭，看來這句話正中要害。

這下子，長髮鬼的攻擊，全都集中到雲中飛和海姝身上。雲中飛牽著海姝從長髮鬼的上下左右，各個方向不停地移動，鬼的頭髮也跟著他們的方向移動。

雲中飛和海姝好幾次都差點被鬼抓到，因為有好幾根頭髮幾乎要抓住海姝的腿，不過海姝只是一味的閃躲，這讓長髮鬼更生氣。

「你為什麼不敢攻擊？怕我了嗎？」

不久之後，我們都知道了理由。原來所有的長髮為了抓住海姝，在移動的過程中，不知不覺就纏繞在一起了。原本在下面的頭髮繞過鬼的頭頂之後，再次往下繞，而原本在左邊的頭髮繞過長髮鬼的腰部一圈之後，再次回到左邊。

「這，怎麼會這樣？啊，停下來，我說停下來！」長髮鬼這時已經驚慌失措，無法控制住自己的頭髮了。

原本抓住我的頭髮也慢慢地鬆開，開始往下放。看來，長髮鬼的攻擊力道已經大大削弱。

這時候，我聽到女孩的聲音……那是寶兒的聲音！

「救……救我。」

其他人都沒有任何反應，看來這次也是只有我聽到。

我趕緊大聲喊海姝：「海姝！寶兒現在很危險！」

雲中飛和海姝一起往長髮鬼的方向飛去，他們看到寶兒正在往下跳。原來長髮鬼因為忙於打架，頭髮亂成一團，只好丟下了寶兒。

「啊啊啊！」

我聽到寶兒的尖叫聲——

突然，尖叫聲停止了，原來娥美抓住了正在往下掉的寶兒。

「寶兒，抓好了。」

寶兒滿臉驚慌的看著娥美，同時緊緊抓住她的手。就在娥美快要抓不住寶兒的同時，雲中飛把海姝放在地上，飛過去抓住寶兒，然後安全落地。

「這又是什麼？現在是什麼情況？你有翅膀？」

寶兒現在好像完全清醒似的，看到同班同學雲中飛的背上有翅膀，忍不住睜大了雙眼。

「我之後再跟妳說明。不，反正事情結束之後妳也會忘記。海姝，快了結長髮鬼吧！」

海姝拿起日劍走到長髮鬼的面前，長髮鬼像是放棄似的解開頭髮，把我、娥美和萬事通都放在地板上，雙眼充滿丟失寶兒的憤怒。

「寶兒！娥美！快點拿出鬼物。」

寶兒雖然在長髮鬼的懷中短暫失去意識，但是好像知道發生了什麼事，她猶豫了一下，拿出梳套。

「妳們就因為這梳子鬧出這麼多事情？」聽到海姝的挖苦，娥美噘著嘴說：「什麼叫做這梳子！髮型可是相當重要的。妳不知道髮型也是臉的一部份嗎？」

「沒錯！妳一定不曾因為游泳而頭髮受損過，頭髮會像掃把，怎麼梳都很奇怪。每次自拍時，只有我的頭髮最糟糕，但是用這把梳子梳頭髮，頭髮就會變得很漂亮，我覺得很棒！」寶兒說。

「喔？妳們倆和好了？」

聽完海姝的話後，娥美牽起了寶兒的手，笑著說：「朋友本來就會吵架，我們現在和好了。」

聽到娥美這樣說之後，寶兒也用力握著娥美的手。

看到這個情況的長髮鬼似乎感到很不耐煩，尖叫著：「抓鬼獵人，妳想解決我的話就快點！」

海姝把篦子放入梳套內，梳套的角落上出現了一個小小的「鬼」字。海姝用日劍靠近那個字問道：「快說！是誰送妳到這裡的？」

「『那位』是我們鬼的恩人，他說不久之後的未來，會打造一個屬於我們的世界。」

「你們有什麼陰謀？」

「我也不知道，即使知道了也不會說，妳快點送我到冥界！不然，我會再次發動攻擊。」長髮鬼擺出要把頭髮往空中發射的動作。

「海姝，快點動手！」我大喊。

海姝拔出日劍，然後用日劍刺在梳套上的「鬼」字。

「一路好走，妳這隻章魚！」

「妳說什……」長髮鬼就這樣連最後一句話也沒能說完，就立刻消失了。

海妹的故事

我從一開始就知道了。
我怎麼可能不知道？
我，可是抓鬼獵人呢！

第10章
美味的糖果

「宇正，你沒有什麼話要跟媽媽說嗎？你說說話呀！不然媽媽好擔心。」

秋天到了，樹葉開始掉落的那天，我正好跟變身為醫生的九瑋良一起坐在醫院裡，看著旁邊椅子上的一對母子。

九瑋良用下巴指了指他們，說道：「那孩子叫李宇正，妖怪國小四年級的學生。最近那位媽媽非常苦惱，這孩子平時都很乖，只是每

次要上學的時候，就會喊身體不舒服。」

「只有要去上學的時候才不舒服的話，不就是在裝病嗎？」

「他沒有在裝病，而是真的不舒服。幫他看診的醫生說，有可能是因為壓力，學校裡也許有發生什麼事，對這孩子產生很大的壓力，只是他完全不跟媽媽說實話。不過，也可能還有另外的原因。」

「你想說什麼？」

「那孩子的肚子上有鬼的手印，就像是被鬼摸過肚子似的。」

那孩子從頭到尾都不願說話，最後也只是低著頭，跟媽媽搭上車回家。望著他的背影，我陷入思考，突然聽到一聲：

「這是什麼？」九瑋良正在用她那又長又細的手指，翻看我購物袋內的東西。

「足球鞋？我記得二〇〇二年姜宇蔚沉迷世界盃的時候，妳還笑他說足球只是踢來踢去、跑來跑去的無聊運動，哪有什麼樂趣？」她好奇的追問。

我趕緊把那個購物袋拿過來，把裝有幾件九瑋良衣服的袋子遞給她。因為九瑋良今天要準備學會發表，會在醫院內熬夜。

我們在妖怪村對民眾施展遺忘記憶的催眠術，所以，不論是誰都不可能記得妖怪差使的事情。這也是為什麼雖然雲中飛始終這副模樣，也沒有人生疑。不論妖怪差使幫助人們做了再多事情，也沒有人會記得他們的付出，即使如此，九璋良還是很努力的工作。

九璋良甚至說自己非常喜歡醫生這份工作，之後若可以投胎轉世為人，也打算成為醫生。

「我現在對一堆人一起踢球或追球還是不怎麼感興趣，只是看到泰株好像有點無聊，想跟他一起玩而已。」

「妳怎麼說得像個小大人似的，妳也應該好好玩樂一下。」

「我怎麼可能還有心思玩？我的哥哥正因為受到天譴，在陽間四處流浪。」

「妳是妳，月株是月株。為什麼妳覺得自己也要跟著他受罰呢？妳根本沒有做錯事情。」

這時候，一群孩子們嘰嘰喳喳從醫院門口經過，他們露出天真無邪，無憂無慮的表情，我有點羨慕他們。這群孩子恐怕連什麼是天譴都不知道吧？

突然，不知道從哪裡傳來一陣一陣「咚咚咚咚……咚咚咚咚……」的聲音，聽起來很像鼓聲。

「你有聽到什麼聲音嗎？」

「什麼聲音？」

我聽錯了嗎？剛剛明明有聲音，可是九瑋良卻完全沒有聽到。

「總之，把月株的事情也跟泰株說說吧！你們年齡相近，能夠互相理解應該比較好溝通。」

「什麼比較好溝通？」

「最近泰株每天都會到妖怪博物館，為什麼？難道是因為我嗎？或是因為其他妖怪？總之，謝謝妳幫忙把衣服帶過來給我，妳自己回家小心。」

當我搭公車回到妖怪博物館時，看到泰株也在那裡，他正望著窗外發呆。

「你在看什麼？」

「啊？沒有，沒看什麼。」

我猶豫了一下之後，還是把裝有足球鞋的購物袋遞給他，泰株看了一眼，驚訝的說：「這是什麼？足球鞋？該不會是要送給我的？」

「你不是說你真正喜歡的是足球嗎？這算是上次你幫忙解決長髮鬼事件的回報……」

泰株沒等我把話說完，就已經興奮的拿出足球鞋左看右看。

「那妳的足球鞋在哪裡？」

「我的？」

「嗯，足球不是一個人就能玩。如果可以的話，我想跟妳，還有妖怪差使們一起玩。」

「不過就是玩球，沒有足球鞋也可以玩，只要用力踢就好了。」我一派輕鬆的說。

「不是這樣的，如果想要正式的玩足球，就必須穿上足球鞋才行。」泰株說。

「是嗎？我表演一下給你看看。」我走到博物館外面，找到泰株的腳踏車，在那台老舊的腳踏車前方籃內，有一顆老舊的足球。

「這有什麼困難？」

我把腳抬高後，準備用盡全力踢球，可是運動鞋卻踩到地上的落葉——我整個人滑倒，一屁股跌坐在地上。

「海姝，妳沒事吧？」泰株趕緊跑了過來。

我按揉著屁股，氣到把球踢走。結果泰株突然一下子爆笑出來，我自己也忍不住笑了出來。

身為一個五百歲的抓鬼獵人，我居然在人類的面前出醜，實在太難為情了。

「泰株，明天你要不要跟我去抓鬼？」我連忙轉移話題開口問。

「這次沒有妖怪差使嗎？只有我們？那會不會很困難？」

「比踢足球簡單。」

泰株聽到這句話之後，在落葉上大笑起來。

隔天早上，根據萬事通提供的地址，我跟泰株找到了宇正的家。萬事通手下的老鼠軍團調查的結果，宇正的房間在二樓。

我跟泰株爬到樹上觀察

宇正，幸好我有事先佈下催眠結界，不然被人看到的話，一定會以為我們是什麼奇怪的人，然後去報警。

「嗯，好臭。」

泰株用手捂住鼻子，我隱隱約約聞到一股惡臭，果然被九瑋良說中，那個房間內有鬼。

路上開始出現要去上學的孩子們，宇正家也正在忙著展開新的一天：有洗臉的聲音、電鍋發出鳴叫提醒飯煮好的聲音、還有人在找衣服的聲音等等。

唯獨宇正依然穿著睡衣坐在鋼琴前面，只是，他偶爾會偷偷看一眼窗外正要去上學的孩子們。

這時，來了一個孩子站在宇正家的圍牆下，他穿著規規矩矩的校服，頂著一個像西瓜頭的髮型。

「你想去上學嗎？」我問泰株。

「不想！我只是看看而已。」

他說謊了。

不管是人還是鬼，說謊時眼睛都會眨一下，泰株剛剛就眨眼了，他是個不擅長說謊的孩子。我雖然想再繼續追問，不過這時候宇正房內傳來聲響，打斷了問話的機會。

叮鈴，叮鈴，叮鈴——

手機的提醒聲響起來之後，就沒有停下來，可是宇正完全沒有想去看手機的意思，只是繼續摸著鋼琴鍵盤。

泰株看著宇正的表情，推測說：「這是群組聊天室的聲音，可能有人把宇正拉進群組後，開始說他的壞話了。」

說完，泰株沉默了一下，繼續說道：「我曾經親眼看過，所以非常清楚。之前泰熙說她在教室內看到鬼之後，就在同學們的群組聊天室被狠狠教訓了一頓，那時候泰熙的表情也是這樣。」

宇正瞄了一眼響個不停的手機，又把手機丟進被窩內，並捂住自己的耳朵，卻還是可以聽到那個聲音，宇正索性閉上眼睛，把手機調成震動模式，這樣就不會看到手機螢幕上顯示出來的內容了。

宇正把頭埋在被窩裡一會兒之後，突然起身站了起來，從鋼琴上面拿出一個寫著「美味糖果」的圓形罐子。打開之後，裡面裝著紅色的糖果。

罐子看起來老舊，有點掉漆的痕跡。宇正吃了糖果之後，好像在等待什麼，就這樣站著不動，雙眼緊閉。

不久之後，宇正就開始躺在床上大

聲尖叫。

「啊啊啊啊……肚子好痛，肚子痛到不行了。」

宇正抱著肚子翻來覆去，我著急得想跑進宇正的房間，這時候泰株抓住我的手，示意我先不要有任何舉動，因為宇正的媽媽聽到尖叫聲後，馬上就跑進來房間了。

「宇正，你沒事吧？」

「媽媽，我肚子好痛。」

「你這孩子是不是不想上學才會這樣？宇正，不可以不去上學。你不要擔心……」

可是宇正像是痛到無法站起來似的，只是抱著肚子趴在床上。

「孩子的爸爸，你快來啊！」

媽媽邊喊邊跑去找宇正爸爸。這時候，宇正從床上走下來，搖搖晃晃地走向鋼琴，從鋼琴架上拿出那罐糖果。他一隻手按著肚子，另外一隻手打開罐子，拿出一顆藍色糖果吃了下去，然後回到床上。

過了一會兒，原本十分痛苦的宇正，臉色稍微好一點了。

等到宇正的爸爸和媽媽再次來到宇正房間時，看著宇正的臉露出了懷疑眼神。

「宇……宇正，你沒事吧？」

「雖然還是有一點痛，但是我現在好多了。媽媽，我今天可以不去上學嗎？」

媽媽心疼的摸了摸宇正的額頭，輕輕點了點頭，這時候宇正才露出安心的表情睡著了。

「果然會被誤會是裝病，現在輪到我們進去殲滅那個糖果鬼了！」我轉身對泰株說。

「慢著。」泰株突然出手阻止了我。他說：「我們再多觀察觀察，之後再殲滅也可以吧？」

「你是什麼意思？那個糖果鬼正在讓那孩子受苦。」

「看起來是那樣沒錯。但是，可能宇正在學校遭受的苦，說不定比肚子痛更加難受。」

這時，泰株的視線轉向圍牆旁邊那個孩子，但他只是又看了一眼宇正的房間後，就轉身跟其他孩子一起去上學了。

「可是也不能就放任那個糖果鬼不管啊！」

「再給宇正一些時間吧！現在馬上讓他去上學，可能會相當痛苦。而且我有預感，不久之後，宇正就會自己想去上學了。」泰株的臉上露出了混合微笑和哀傷的奇怪表情。

「知道了，但我只能再等三天。」

那天晚上，皎潔的滿月把妖怪博物館照得通亮，亮到連路燈都不需要打開，我們就在妖怪博物館外面的院子踢足球。

「半仲仁！你越位了！到底要我說幾次！不可以比對方的守門員更靠近球門柱！」

姜宇蔚吹起哨子大聲喊著。在妖怪差使當中，只有姜宇蔚知道足球規則。

雖然在比賽之前，姜宇蔚已經跟其他的妖怪差使們重複說明過好幾次的比賽規則，但是大家都似懂非懂。

「那傢伙又在說什麼越位？那是什麼？完全聽不懂。我只要負責把球踢入球門，不就可以了？」

聽到姜宇蔚的話，雲中飛突然發神經似的拿起球飛了起來，然後把球直接丟入球門。

這時候姜宇蔚大聲喊：「你這是在玩手球！不是足球！」

但是，根本沒人在聽，雲中飛剛剛丟的球跑出來之後，在那附近的萬事通馬上把球踢入對面的球門，並為此興奮不已。

「得分！得分！」

「真的不要亂喊！那才不算得分！不是！」

雖然姜宇蔚拚命地搖頭，大聲喊著那樣不算得分，但是萬事通的老鼠部下們全部都在嘰嘰喳喳地叫個不停，還一起用前腳為萬事通的得分拍手鼓掌。

守在球門的半仲仁因為被對方進球的關係，氣得將身體分成兩半，不小心把球夾壞了。

「真是亂七八糟！」姜宇蔚氣到直跺腳。

這時候，大家突然都安靜了下來。

「哈哈哈哈！」我用衣袖遮住嘴大笑，大家才一起哄堂大笑起來，就連還在鬧脾氣的姜宇蔚也跟著露齒笑了，妖怪博物館的前院充滿了笑聲。

「倉庫內還有一顆球，我們去拿吧！」

姜宇蔚帶著其他妖怪們離開後，只剩下我和泰株，我們走到博物館前面的階梯坐下來休息。

泰株笑完之後，望著遠方。

「你在看什麼？」我問。

「啊？沒什麼，我只是好像看到跟我長得很像的人而已。」可是泰株現在看的那個地方，只有一群騎著腳踏車的孩子們。

幾天前，萬事通把老鼠們收集到的情報告訴了我。

老鼠們會在村子內四處探聽收集，將收到的訊息一五一十的報告給萬事通，牠們是抓鬼獵人團隊重要的情報網。

我心想，最近泰熙交了許多新朋友，好像沒有什麼時間跟泰株玩，泰株才會感到寂寞吧？我看著呆呆望著孩子們的泰株，又想起萬事通的話，突然覺得泰株有點可憐。

泰株在學校發生了什麼事？他在學校內是不是也覺得很寂寞，才會站在宇正這一邊呢？

我小心翼翼問泰株：「宇正會再次去上學嗎？」

泰株挺直了腰，回答：「妳還記得早上那位西瓜頭孩子嗎？」

「嗯。」

「我想他應該是宇正的朋友。」

「那他為什麼只是站在外面等？而不直接走進去叫宇正跟他一起上學呢？」

「這是我的猜測，可能那孩子有做錯了什麼，而宇正也是因為那個事情才不想去上學。」

「你是說西瓜頭孩子霸凌宇正嗎？」

「不，從宇正的反應看來，應該是更嚴重的事情，不過……這個也只是我的推測而已。可能是宇正被其他同學霸凌時，西瓜頭孩子因為擔心自己如果站出來維護他的話，也會成為被霸凌的對象，所以選擇沉默旁觀。」

「你的意思是，如果西瓜頭孩子再次跟宇正成為朋友的話，宇正就不會被欺負嗎？」我又問。

「倒也不是，只是……如果知道至少還有一位朋友站在自己這邊的話，不論再痛苦的事也可以挺過去。」

為什麼泰株這麼瞭解宇正的心呢？該不會泰株也遭遇過相同的事情？想到這裡，我忍不住有點感傷。

泰株看著我的臉問：「妳為什麼看起來很悲傷？是不是又想到了哥哥？萬事通跟我說了，自從上次那個長髮鬼提到『那位』的事情後，妳就一直很鬱悶。」

萬事通這個大嘴巴！居然到處散播我的事情！我感到有點難為情，忍不住摸起手上的繭。

泰株注意到了：「妳手掌上的繭好多呢！是因為練武吧？而且還是空手練習吧？」他的觀察力真好。

「對，我喜歡練擒拿術。」

「妳真的好厲害。」

「有什麼好厲害的，我的手好醜。」

身為抓鬼獵人，我主要使用的武器是日劍，但我反而更喜歡徒手就可以施展的擒拿術。使出擒拿術時，比較不會為對方帶來巨大的痛苦，又可以制伏對方，這可能就是我喜歡它的原因吧！

泰株看著我的手，誠懇的說：「我之前在網路上看過手上長滿繭的運動選手，還有腳上長滿繭的芭蕾舞者，他們說那些繭是努力的勳章。我想妳的這些繭，也是證明妳的努力。」

我第一次聽到這種說法，居然有人說這醜陋的手繭是勳章？

「不過有人說擒拿術根本無法用來攻擊對手，所以它是沒有用的武術。」

「是妳哥哥說的吧？妳是妳，哥哥是哥哥，妳又不是他，妳不要再被那種奇怪的話影響了。以後，如果有人又說這些奇怪的話，我一定會站在妳這邊。知道了嗎？」

沒想到泰株會這麼認真的說出如此肉麻的話，這也是泰株的魅力，我不好意思的點了點頭。

這時候，從倉庫傳來妖怪們的腳步聲。

「找到球了，我們重新開始吧！這次一定要按照規則來比賽。」

姜宇蔚認真的說，但是跟在他後面的妖怪們都在偷笑。看來，今天晚上的足球是絕對不可能遵守規則的。

第二天，我和泰株再次前往宇正家。這回，宇正戴著耳機開心的彈鋼琴，看來，他今天的狀態還不錯。

「看，那孩子又來了。」

泰株用下巴指了指在宇正家門口徘徊的孩子，正是那個西瓜頭孩子。不過，這個西瓜頭孩子今天好像下定了什麼決心，他拿出了手機撥打電話。

這時候，宇正房內的手機響了。

宇正看著手機螢幕，好一陣子，才接起了電話。

「我不會去上學。」

宇正臉上的表情顯得越來越凝重，原本放在琴鍵上的左手也滑落到膝蓋上。

「當那群人說我不會踢足球，而且只是假裝很會彈鋼琴時，你不是一句話也沒說嗎？」宇正生氣的掛掉了電話！

緊接著，他拿起放在鋼琴旁邊的糖果罐，可能是因為太生氣了，所以他用力打開罐子後，糖果紛紛掉了出來。

宇正把撿到的紅色糖果一口氣吃了進去。

不久之後，宇正開始痛到在床上翻滾。

「我再也看不下去了！至少要知道是哪隻鬼在作怪！」我正打算拔出日劍，宇正的身邊出現了一個奇怪的人影，那個若隱若現的人影

慢慢變得清晰……

「奶奶……竟然是鬼奶奶？」

我愣住了！

那個滿頭白髮的鬼奶奶輕輕按摩著宇正的肚子，那個樣子，就像是孫子肚子痛的時候，奶奶會慈祥按揉的模樣。

「宇正！宇正！」

聽到宇正的哭聲，宇正的媽媽跑進房間。每天早上，只要到了上學的時間，宇正就會不舒服，宇正的媽媽非常擔心宇正，我看到宇正的媽媽一邊摸著他的臉，一邊自己也心疼的哭了。

「宇正，你快跟媽媽說，到底哪裡有問題？告訴媽媽學校究竟發生了什麼事？」

「媽媽知道能夠解決問題嗎？媽媽去學校之後，就能讓那群人變成我的朋友嗎？您什麼也做不了，就不要再管我了！」宇正說完，轉頭躲進了被窩。

媽媽只好小聲的說：「那我們去醫院吧！媽媽先去準備一下。」說完，就先走出去了。

等到媽媽走出房間，宇正立刻就從睡衣的口袋中，取出藍色糖果吃了下去。不久之後，原本還不停抖動的宇正也慢慢穩定下來。這時候，他身旁的那個鬼奶奶也消失不見了。

「我們到底還要這樣觀察到什麼時候？再這樣下去，根本無法解決問題。」

「不用擔心，一定很快就可以解決的。」泰株看著還站在牆角，遠遠望著宇正房間的西瓜頭孩子說。

那天下午，九璋良打電話給我：「宇正來醫院了，他的媽媽堅持要幫他做全身檢查，看來也不能再等了。醫院是檢查不出任何結果的，抽血或照X光片根本無濟於事，而且宇正現在隨身帶著那罐糖果，不知道什麼時候會全部吃光？最好在那之前解決。」

九璋良的嘆氣聲，透過電話筒傳了過來。

宇正有吃過一大把糖果的記錄，確實之後有可能吃更多。再這樣下去的話，很有可能會變成鬼。

「我現在馬上過去。」

我掛掉電話後，對泰株使了一個眼色。泰株也知道情況迫在眉睫，一句話也沒說，就跟著我走出去。

由半仲仁負責開車，我們很快地趕到醫院。

當我們走到醫院前的長椅時，看到宇正和他的媽媽從大門口走出來。我們跟在宇正後面，打算等他吃糖果的瞬間抓住鬼奶奶。

「沒用的李宇正。」

我轉身一看，原來有一群孩子們騎著腳踏車，他們停下來，一人一句的嘲笑著宇正。

因為距離有點遠，宇正應該聽不到。但是他好像知道他們在說什麼似的，默默轉過頭。

「看，那不是西瓜頭孩子嗎？」

我們看到那位每天早上站在宇正家門口，想找宇正一起去上學的孩子也加入霸凌宇正的團體，泰株失望的嘆了口氣。

「我以為那孩子會站在宇正這一邊。」

就在這時候，西瓜頭孩子從那群人當中站了出來，說道：「你們先走吧！我去看看宇正有沒有事再過去。」

站在最前面的一個孩子說：「你現在去找他的話，以後就不能再跟我們玩了。」

沒想到西瓜頭孩子果斷的回答：「沒關係，我跟宇正道歉後，跟他玩就好。你們也對宇正道歉，說不定宇正會原諒你們過去的行為。總之，做錯事就是要道歉。」西瓜頭孩子說完之後，就騎上腳踏車去找宇正。

看到這些情形的宇正，叫媽媽先去搭車，自己留下來在原地等西瓜頭孩子。

宇正把西瓜頭孩子帶到遠處說話，我們無法聽到他們的對話，不過從宇正露出的笑容看來，兩人應該是和好了。

兩人談了好一會兒之後，好像約定了什麼，還打了勾勾才分手。

搭上車的宇正拿出那罐糖果，等到下車之後，他毫不猶豫地丟進了垃圾桶。

「如何？我都說對了嗎？」泰株得意洋洋的說。

看到他那樣子，我忍不住笑了出來。

「是是是，那現在可以去抓鬼了嗎？」

「沒有那個必要。」

我聽到不認識的聲音，然後眼前突然坐著一位奶奶，她就是幫宇正按摩肚子的奶奶，那個奶奶的身上散出著微弱的白光。

果然是鬼沒錯！

我趕緊把手伸向髮夾，想拔出日劍，鬼奶奶阻止了我，她說：

「我自己會去冥界，妳不用擔心，我再看宇正幾眼就走。」

「您是宇正的奶奶？」

鬼奶奶用點頭代替了回答。

「既然您是宇正的奶奶，怎麼還會那樣子做呢？您怎麼忍心讓自己的孫子不舒服？」我十分不解。

「我是宇正的奶奶，怎麼可能傷害我們家宇正？只是宇正的心實在太痛了……」

「即使如此，也不能用這種方式解決問題，這是錯誤的方法。」

「妳說得沒錯，我變成鬼之後，想法也常常變得扭曲。我確實做錯了，可是，宇正他在學校的生活比肚子痛更糟糕……」

鬼奶奶瞇著眼睛，看著我說：「那個糖果……那是每次宇正鋼琴彈得很好的時候，我給他的獎勵。宇正那孩子為了吃到糖果，非常認真練琴。現在回想起來，我只是單純想給他吃他想吃的東西而已。」

鬼奶奶站了起來往前走，她的身體變得越來越模糊了。

「宇正的問題是他一個人很難解決的事，我以為自己能夠幫助他，沒想到宇正有這麼棒的朋友，根本不需要我的幫忙。看到孫子露出了笑容，現在，我可以安心去冥界了。妳不送我嗎？」

既然鬼奶奶都這麼說了，我從垃圾桶內拿出那個糖果罐，用日劍刺在糖果罐上的「鬼」字之後，鬼奶奶就消失了。

我感覺到這個老舊的糖果罐，傳來一股暖氣……這是我五百年來的抓鬼獵人生涯中，第一次感受到鬼的溫度。

第11章 與月株的重逢

「快看我吐出來的熱氣，冬天真的來了。」姜宇蔚用嘴巴吐出「白煙」說著。

今天是冬季以來，溫度首次降到零下的日子，也被稱為「無鬼之日」。所謂「無鬼之日」指的就是鬼暫時離開陽間去冥界的日子，對我們抓鬼獵人來說，就是放假的日子。

冬風穿過門縫鑽了進來，讓人的臉變得冰冷。窗戶上凝結的寒霜、光禿禿的樹枝、厚重的外套，這些都宣告了冬天已經到來。

不過，對我來說，宣告冬天到來靠的是另外一種判斷。

「要等初雪來臨，之後才是真正的冬季。在那之前，只能算是秋天到冬天的過渡期。」我說。

「又是那傢伙說的吧？初雪為什麼那麼重要？」姜宇蔚一邊從倉庫內拿出暖爐，一邊問道。

「初雪是冬季開始的信號，就像跑步比賽之前，不是也要聽到信號才能夠開始？如果沒有初雪的話，就無法準確知道冬季的時間是從何時開始了？」我活了五百年，也度過了五百次冬季。因此，我確信嚴冬過去之後，春天就會來臨。

而告知冬季的開始，一定是初雪。

姜宇蔚像是完全聽不懂我在說什麼，只是歪了歪頭，而他拿出來的那個暖爐上面佈滿了灰塵。

「這個要放在哪裡比較好？」

「放哪兒才好呢？」我正在跟姜宇蔚苦惱要把暖爐放在哪裡的時候，九瑋良拿著鯛魚燒走進妖怪博物館。

聞到香噴噴的鯛魚燒味道，我突然又覺得……或許鯛魚燒才是預告冬季到來的信號。

這時，所有聞到香味的妖怪們都停下手邊的工作，轉身去跟九瑋良拿鯛魚燒。

「我留一個給泰株。他今天會來嗎？最近很少看到他。」

之前泰株幾乎天天來妖怪博物館，可是最近很少出現。

「還記得之前泰株說的話嗎？他說在路上看到一個跟自己長得很

像的人，我有點在意這件事。」

雲中飛吃著鯛魚燒的頭，露出了擔憂的表情。

說曹操，曹操就到，這時候泰株突然出現了。

「喔！是泰株。快進來一起吃鯛魚燒。」

不過泰株的樣子有點怪怪的，看起來就像是第一次進來妖

怪博物館的人，開始四處張望。

「好像不是我們認識的泰株？」雲中飛放下鯛魚燒說。

我也認真看著泰株的臉。

雖然外表確實是泰株沒錯，但是，正如雲中飛所說的，這個人不是泰株。

我的心突然跳了一下，該來的還是來了。

「大家都先出去吧！」

妖怪們聽到我的話之後，都覺得莫名其妙。

「什麼呀，外面好冷……」

「我們走吧！看來海姝有話要對泰株說。」反應很快的半仲仁趕緊把姜宇蔚帶了出去，而雲中飛、九瑋良、萬事通也察覺不對勁，默默的跟著出去。

等大家都走出去之後，鬼物室裡面，只剩下我和「泰株」。

我盯著眼前的「泰株」，說道：「哥哥，好久不見了。」

「原來被發現了。海姝，好久不見！過得好嗎？」

我沒有回答，只是繼續瞪著他。

我從來沒有想過會再次見到哥哥，更沒有想到他居然會偷別人的身體。雖然哥哥本來就很愛惡作劇，但是這次太超過了，他居然以泰株的樣子出現！

「哥哥，現在回頭還不晚，你跟我一起去冥界吧！我會請求閻羅大王原諒你的過錯。」我說。

「什麼原不原諒？是指閻羅說我犯下的那些罪？說我擅自變更了

原本要去冥界的人類陽壽嗎？」

「人類的壽命早就有定數，不是可以任意修改，那是禁忌。」

「所以你的意思是看著十惡不赦、罪大惡極、惡貫滿盈的人活得更久，而無辜、善良，

卻沒有犯下任何罪行的人早早死去嗎？」

哥哥的吼叫聲在鬼物室一下子傳了開來！這樣一來，就連躲在外面偷聽的妖怪們也都聽到了吧？

哥哥可能也發覺自己太激動了，他收起怒氣，然後馬上就笑咪咪地對著我說：「不過，妳也違背了天界的規定吧？妳沒有把泰株送到冥界，反而把他留在身邊。抓鬼獵人的職責，不是應該把看到的鬼立刻送到冥界嗎？」

我感到一股寒意吹過後背，不過我沒有被哥哥的話影響，反而更加鎮靜的盯著他看。

哥哥又冷笑了一下，說道：「原來妳早就已經知道我拿了這傢伙的身體。」

「我只是推測而已。自從討伐夜叉，數百年來，村子裡從來沒有出現過鬼魂，如今卻一而再、再而三出現，而且還是可以把人類當成鬼物的鬼，這可不是一般的鬼能夠做到的事情。」我的聲音在發抖，雖然我已經盡可能的讓自己鎮定下來，但還是感覺心臟快要跳出來了，可能是太久沒有見到哥哥，我還是很怕他的關係……

哥哥好像對鬼物相當感興趣，他在鬼物室內四處觀看，看起來就像是第一次進到博物館的小孩，用充滿好奇的眼神看著鬼物。

哥哥一派輕鬆自在，我刻意跟他保持距離，隨時提高警覺。

「我知道妳很活躍，關於妳的事蹟，在鬼魂之間早就傳開了。它們都說有位可以一刀就抓住鬼的抓鬼獵人，看來妳成長了不少。」哥哥在鬼物室內到處亂逛時，看到電燈開關後，笑了一下。

突然，鬼物室內所有燈都被關掉了，我的周圍瞬間一片漆黑。

我嚇得不斷發抖。

「妳還是一點都沒變，還是這麼怕黑，居然還能當抓鬼獵人？我看大家對妳的評價過高了。」

我緊握拳頭，盡可能不讓自己發抖。

哥哥好像邊走邊說話，因為他的聲音從四面八方傳來：「我來這裡不是為了跟妳協商什麼，我是來警告妳，妳就放棄吧！這樣，我還可以讓妳和妳的妖怪朋友們安全離開。」

「辦不到。」我說。

「那就沒辦法了，我們也沒什麼話好說了。現在……要不要看看我這位膽小鬼妹妹，她的實力是不是有變強呢？」我感覺到哥哥的聲音越來越近了。

為了不被哥哥發現我在顫抖，我盡可能把身體蜷縮起來。

就在這時候，我聽到有人急急忙忙推開博物館大門的聲音！

「姊姊！姊姊！」

是泰熙，我聽到妖怪差使們阻擋泰熙走進鬼物室的聲音。

「看來是被發現了。那麼，下次再見吧！我的膽小鬼妹妹。」

燈再次被打開後，周圍重現光明。但是哥哥早就消失不見了。

我擦掉眼淚，趕緊走出去。果然是泰熙來了，泰熙一把鼻涕、一把眼淚，哭個不停，妖怪們完全束手無策。

「姊姊，哥哥不見了，泰株哥哥不見了！」

泰株不見了？我聽到這句話的瞬間呆住了！彷彿周圍所有的聲音都消失，只剩下我一個人的感覺。

泰熙抓著我的身體痛哭流涕。

雲中飛帶著泰熙往裡面走。

「泰熙，妳坐下來慢慢說。」

泰熙抽泣了一下，跟著雲中飛走進來。

九瑋良拍了拍我的肩膀，她的手很纖細，也很冰涼。

泰熙啜泣地說：「今天早上，我跟奶奶坐在廳堂吃點心，那時候，哥哥一直看著圍牆。可是我順著哥哥的視線看過去，卻沒有看到什麼，但是，哥哥的身體突然變得透明。哥哥開口說：『奶奶其實一直都知道吧？泰熙，妳也知道吧？』我完全聽不懂哥哥在說什麼，就看了看奶奶。奶奶含著眼淚，點了點頭。然後奶奶對哥哥說：『看來你是要離開了。泰株，奶奶愛你。』緊接著，哥哥就消失了。姊姊，為什麼哥哥會消失？」

我無法回答泰熙的問題。

泰株看到的人可能是月株哥哥，擁有跟泰株相同的樣貌，他因此意識到自己早就過世的事實，所以才會消失不見。

我的嘴巴像是被什麼噎著似的，完全張不開。

雖然我早就知道會有這麼一天，但是事情突然發生，內心還是好難受，最後還是九瑋良代替我回話。

「泰熙，妳好好回想一下，妳來妖怪村之前，泰株是不是有發生過什麼重大事情，而妳可能忘記了？妳好好想一想。」

泰熙閉上了眼睛，好一會兒，她才開始慢慢說：「我記得媽媽說過……那天，是我的生日，哥哥知道媽媽沒有準備生日禮物給我，就跑出門了。哥哥可能是要幫我買一直很想要的那隻手錶，哥哥說因為自己的錢不多，只好去裡頭有手錶的娃娃機碰運氣，如果運氣好的話，只要花兩千韓元就可以夾到手錶。但是……當哥哥投入他全部的零用錢時，有位喝醉的大叔開車衝過來……哥哥被車撞倒。我不太記得其他事情了，但是我記得那個大叔跪在醫院跟哥哥說對不起……大叔是酒醉駕駛……哥哥死了之後，我很傷心……不過，哥哥又出現了。原本在醫院的哥哥再次回到家，也跟著我一起來到妖怪村……」

「泰熙，泰株是鬼。他原本應該去冥界，一定是因為放心不下妳，才遲遲沒辦法離開。」

「什麼？原來你們早就知道了？」

我其實從一開始就知道了，怎麼可能不知道？畢竟我是抓鬼獵人。我原本想馬上送泰株去冥界，可是看到泰株完全不知道自己已經過世，只是一心一意想保護妹妹，再加上泰株擁有我們所沒有的能力，我就改變主意了。因此，我們才讓泰株暫時維持現狀。

泰熙拉了拉我的衣角。

「姊姊，我再也看不到哥哥了嗎？即使哥哥是鬼也沒關係，我想見哥哥！」泰熙哭到連腳都在顫抖。

「泰株應該還沒有去冥界。不，應該是還沒辦法過去，因為有人霸佔了他的身體。」

半仲仁果然好眼力，剛剛哥哥用泰株的模樣出現在鬼物室時，他應該就已經發覺了。

「該不會剛剛來鬼物室的泰株就是……」姜宇蔚這時候才恍然大悟，真是後知後覺。

「沒錯，剛剛是月株哥哥。」

我的回答把妖怪們嚇得瞠目結舌。

姜宇蔚好不容易才回過神，他問道：「妳是說月株拿走了泰株的身體嗎？」

「我推測應該是泰株要走進地獄之門時，月株跑過去跟他進行交易。月株一定是跟他說，只要把身體讓給他，就可以讓泰株繼續生活在陽間，只是哥哥沒說只能以鬼的模樣在陽間。夜叉最擅長這種手段了，也就是說，月株哥哥已經變成夜叉了。」

妖怪們一聽到夜叉兩個字，怕得直打哆嗦。

我繼續說：「總之，我們得先找出哥哥。找到哥哥之後，一定就可以找到泰株。只是要從哪裡開始找呢？」

這時候，不知道從哪裡傳來「吱吱」聲，原來是一百多隻老鼠已經來到了鬼物室，整整齊齊地站在萬事通的面前，吱吱吱叫個不停。

聽完老鼠們的調查報告，萬事通開口說：「我好像已經知道月株在哪裡了。」

第12章 咚咚曲

妖怪差使們分頭做好抓住哥哥的準備之後，我發給他們每人一個小袋子。

「好了，每人拿一袋吧！」

「這是什麼？」

「祕密武器。」我把過去研發的武器全都帶來了。

「不過，這些不是還在開發中嗎？還是已經是完成品了？」

「還沒完成，只能算完成百分之八十吧！」

「那剩餘的百分之二十怎麼辦？」

「只能靠運氣了！」

姜宇蔚聽到我這樣回答，無可奈何地苦笑了一下。我們搭上半仲仁的車，泰熙站在車窗外跟我們揮手道別。

泰熙原本打算跟我們一起去。不過，我們最後還是決定讓她留在妖怪博物館，因為這是去抓鬼，人類在現場的話會很危險。

半仲仁抓著方向盤瘋狂的往前開，雲中飛一邊繫安全帶，一邊問萬事通：「老鼠們怎麼說？」

「你們還記得之前泰株說過的咚咚曲嗎？不久之前，我讓老鼠們去調查，結果發現，最近妖怪國小的學生們在家時，就會發出那個聲音。據說那個『咚咚』的聲音，就是孩子們透過唱咚咚曲來召喚鬼魂的聲音。」

「什麼，居然膽敢唱『咚咚曲』？」

咚咚曲在朝鮮的光海君年代開始流行，是一種召喚鬼的遊戲，當時的貴族小孩非常喜歡這個遊戲，因為這群不知天高地厚的孩子們經常唱歌召喚鬼，使得民間的鬼越來越多了，最後才被禁止傳唱。

「孩子們怎麼會知道咚咚曲呢？」

「一定是月株散播出去……天啊！你們看那裡。」

從車窗往外看出去，每家每戶的上方都漂浮著鬼。

「竟然已經多到這個地步了，為什麼這群鬼完全沒有動作呢？」

萬事通對著蹲坐在後面的老鼠隊長發問，那隻老鼠隊長把前腳合在一起，然後恭恭敬敬地吱吱叫不停。

「牠說什麼？」

「孩子們以為只是類似筆仙的遊戲。」

越靠近住宅區就可以看到更多的鬼，哥哥到底想讓這些鬼做什麼？數目如此眾多的鬼，即使是擁有超能力的妖怪差使也難以應付。

「月株倒是挺聰明的，這招讓結界失去了作用，因為是孩子們親自召喚了鬼。」雲中飛摸了摸頭說。

不久之後，我們到達了目的地。

人們完全不知道在自己的頭頂上，竟然都漂浮著鬼，依然像平常那樣悠閒的享受午後時光。

「好，我們要來痛快地抓鬼了。」

我一打開車門，眼前馬上出現一隻鬼。我趕緊佈下催眠結界，這樣一來，人們就不會看到妖怪差使們了。

妖怪博物館

妖怪差使們戴上我所製作的無線耳機，這是利用鬼波長所發明的新技術，只要戴上這個耳機，不管距離多遠，都可以聯絡到彼此。

我通過無線耳機跟妖怪差使們說話：「每個人的包包內，都有一個用來裝鬼的小口袋，大家把小口袋繫在腰部，這個小口袋的空間無限大，所以不管再多的鬼都可以放得進去。等所有的鬼魂都抓到之後，我再來處理。」我說完之後，妖怪差使們就快速地開始抓鬼。

姜宇蔚使用水鞭，一次就可以抓到好幾隻鬼，然後馬上冷凍，裝入口袋。雲中飛則是負責那些打算逃跑的鬼，雲中飛雖然體型比較小，但是力大無比，他飛上天空之後，把隨手抓到的鬼通通裝入口袋。因此，雲中飛的口袋一下子就鼓起來了，但是這完全不影響他繼續抓鬼。

轟隆轟隆！

不知道從哪裡傳來碰撞的聲音？原來是半仲仁。他把自己的身體分成兩半之後，把鬼夾在中間，把它們壓得扁扁的，等鬼昏迷過去，就裝入口袋。人們雖然看不到半仲仁，但是聽到聲音時，都以為是地震，紛紛四處張望。萬事通這邊則是派出老鼠，老鼠們在分散的妖怪差使中間穿梭。

「小傢伙們，想挽救咚咚曲引起的問題，就要快點努力跑！成功完成今天的任務，我會發給大家滿滿的起司！」聽到萬事通這句話之後，老鼠們更加努力的跑向鬼。那些鬼可能還有曾經身為人類的記憶，看到老鼠之後，紛紛嚇得四處逃竄。

老鼠們盡可能把鬼魂趕到九瑋良的面前，九瑋良用巨大的尾巴把鬼打昏之後，萬事通再趕緊把鬼通通裝入口袋內。

我一邊佈下催眠結界，一邊觀察現場，突然覺得有點奇怪。

「為什麼鬼魂會這麼快就消失了？」

「那還用說，當然是因為鬼都被我們抓了啊！我們應該抓了好幾百隻了吧……」

「不對！它們都在往那個方向逃跑。你們看！」

一大群的鬼魂正往同一個方向飛走，就連剛剛被咚咚曲召喚而來的鬼魂也像被下了命令似的，同時往一個方向飛。

九瑋良通過無線耳機說：「看起來全部往村外飛？天啊！鬼魂要去的地方是妖怪博物館。」

「可是為什麼要去妖怪博物館？」

雲中飛吃驚到失手讓原本已經抓住的鬼都逃走了。

一定有什麼特別的原因。對了，今天是那個日子。對鬼來說很重要的日子。

「今天是『無鬼之日』，是鬼不在陽間的日子，所以冥界守門官也不會在地獄之門。」

果然是哥哥才想得出來的主意。

哥哥身為天界修行學校的榜首畢業生，總是詭計多端，他一定是故意選無鬼之日這一天來這裡，然後放出眾多的鬼魂來引誘我們離開妖怪博物館。

姜宇蔚感嘆的說：「現在地獄之門根本沒有鬼官看守。」

恐懼襲面而來，月株哥哥是準備打開地獄之門，把夜叉和鬼通通帶到陽間，這時候，我突然想起一件重要的事情——

「泰熙一個人在妖怪博物館。」

等我們趕回妖怪博物館時，現場一片混亂。博物館被鬼魂包圍得水泄不通，看起來就像是一座由鬼堆疊而成的墳墓。

「這群鬼的氣勢真旺。不過，能被前任抓鬼獵人召喚而來的鬼應該是不知道害怕。」

姜宇蔚邊下車邊說，感覺他對這些鬼相當不屑，但是聽得出來聲音正在發抖。其他妖怪差使們也因為恐懼而顫抖，每個臉部表情看起來都很僵硬。

我站在妖怪差使面前說：「這是我哥哥惹出來的事情，我應該自己解決，我會一個人進去。」

九瑋良雙手搭在我的肩膀上說：「隊長，妳在說什麼話？這是我們大家的事情。」

「對，還記得泰株說過的話嗎？妳是妳，月株是月株，妳不需要背負月株的罪責。」

這時候，一旁的萬事通、半仲仁，還有雲中飛，像是彼此約定好似的，同時向我露出微笑。

原本站在最後面的姜宇蔚走向前，他搓揉著雙手，發出嘎吱嘎吱的聲音。

「好，我們就來好好展現一下實力吧？」聽完姜宇蔚的話之後，我們同時對鬼魂發動攻擊，我們有條不紊，區分各自負責的範圍後，開始消滅這些鬼。這時，無線耳機傳來九瑋良的聲音。

「壬辰倭亂之後，我們就再也沒有遇到這種大戰了。」

「沒錯！這些傢伙應該還不知道，我們可是在壬辰倭亂之後，被閻羅王頒發過勳章的妖怪。」聽起來雖然很豪邁，但是從大家不斷喘氣的聲音聽來，妖怪差使們攻擊得有點辛苦。

我拔出日劍，在鬼魂之間穿梭。可是，不論再怎麼努力殲滅，鬼魂還是源源不絕地冒出來。

「哥哥到底為什麼要召喚來這麼多的鬼？」

根據老鼠的報告，鬼魂是被孩子們唱的咚咚曲召喚而來的，也就是說，這些鬼是由孩子們創造出來的。孩子們根本不知道自己在做什麼，只是單純地覺得這個遊戲很好玩。結果引來這麼多的鬼，數量非常驚人，但從現場鬼魂的數量來看，哥哥這麼做應該不可能只是為了好玩而已。

「像這樣繼續把鬼消滅是沒有結果的，無論如何，我都必須衝進去找到月株談判才行。」

雲中飛正在圍牆那邊用拳頭打鬼。

「大家保護海姝，讓她可以安全進去博物館。」

妖怪們聽到雲中飛的呼喊後，全部站在我前面。

妖怪們都相當疲累，畢竟，從村子裡就開始消滅鬼魂，一路到博物館，不論擁有多強的能力，體力也會疲乏，需要一點東西來提升他們的戰鬥力。

「沒辦法，只能使用海姝未完成的祕密武器了。」妖怪們取出我先前準備的祕密武器後，再次展開攻擊。

九瑋良率先打頭陣，吞下「火焰糖果」，她立刻噴出熊熊烈火。

這是我特別為九瑋良製造的祕密武器，她一直想嘗試噴火。九瑋良噴出的火焰來自冥界，鬼魂只要稍微碰觸到，就會嚴重灼傷。但因為還沒有開發完成，噴火時偶爾會冒出黑煙……

「咳咳，這個之後真的要改良一下，不然我每次咳嗽都會冒出黑煙。」九瑋良原本白皙的臉龐，因為黑煙，一下子變黑了。

雲中飛和姜宇蔚在後面掩護九瑋良，雲中飛用鋼鐵般的翅膀刮出狂風，那些鬼魂被風吹得東倒西歪，面對姜宇蔚的水鞭毫無招架之力，紛紛昏倒在地。

姜宇蔚卻有點失望：「祕密武器好像沒有什麼效果……」

「你是不是把左右手的手套戴反了？」

「啊？好像是。」

姜宇蔚重新戴好手套後，再次揮動雙手，甩出比之前更巨大的水鞭。如果說之前的水鞭像是普通水管，那現在的水鞭就是消防水管等級的了！

「我也來試試看我的祕密武器吧！」半仲仁吃下藥丸之後，身體不再只是分成兩半而已，而是變成擁有完整身體的兩個人。

「太厲害了吧！力量一下子增加兩倍。可是好像哪裡怪怪的，行動有點困難。」

「半仲仁，抱歉啊！你這個祕密武器完成度也只有一半而已，所

以有個缺點……」我的話還沒說完，半仲仁已經自己發現了問題。

兩個身體無法各自行動，只能做相同的動作，就像被同一個人操控的木偶。

不過，半仲仁很快地掌握新技術，讓兩個人可以同時扮演好自己的角色。

我在妖怪們的幫助下，順利來到鬼物室的門口。

鬼物室內的遠處好像有人。

「泰株！泰熙！」

我看到泰株和泰熙都在地獄之門前面。泰株失去了意識，整個人昏倒過去，躺在泰熙的身上，泰株應該是擔心泰熙才會再次出現。

我用盡全力跑向泰熙，幸好這時候完全沒有鬼魂來阻擋……等等！沒有鬼？

正當我感到奇怪時，我聽到身後傳來關門的聲音。

咚！

門被關上之後，燈也在瞬間熄滅，鬼物室完全被黑暗籠罩。

「海姝，我可愛的妹妹海姝，妳到現在還害怕黑暗嗎？」鬼物室內響起月株哥哥的聲音。

我陷入了圈套。

第13章 無法逃避的戰鬥

我忍不住想起小時候的事情，那是發生在我五十歲的時候。當時，我常常跟朋友們玩捉迷藏，因為我還不太懂得怎麼玩，每次只會躲在倉庫內。天界的倉庫也開放給貧困的人使用，白天的時候，大門總是敞開的，因此倉庫內很明亮，我一點也不會感到害怕。

可是，有一天，我在倉庫內不小心睡著了。到了晚上，守衛以為沒有人就直接關上了門。等到我醒來時，四周一片漆黑，我因為恐懼而哭個不停。那時候，找到我的人就是月株哥哥。

哥哥把嚇壞了的我帶回家後，還跟我約定以後不論何時何地都會保護我。

可是，現在月株哥哥居然利用黑暗來威脅我……哥哥以泰株的模樣說著：「海姝，妳會害怕嗎？」

為了不讓哥哥發覺我在顫抖，我一句話也沒說。

「沒想到閻羅王居然讓一個會怕黑的人擔任抓鬼獵人，真的是太荒謬可笑了。」

曾經那麼尊敬閻羅王的哥哥，如今竟然說閻羅王的壞話，到底是什麼讓哥哥變成這副模樣？

「哥哥，你真的要這麼做嗎？到底是什麼讓哥哥變了？」

跟我的哀傷不同，哥哥的反應極為冷淡：「過去四百年來，我在陽間看過無數人類的行為，發現一件事，就是那些不值得活著的人，反而活得更久。海姝，我要改變冥界的規則，打造一個讓善良的人活得更久，壞人提前往生的世界。」

哥哥好像在等我的答覆似的，稍微停頓了一會兒。不過，看我完全沒反應之後，他就開始嘲笑我。

「也是，只會聽命閻羅王的妳，怎麼可能知道這些？我再給妳最後一次機會！妳只要不來妨礙我，我就放妳走。」

「做不到！」我咬緊牙關回答。

「是嗎？那如果說是為了這孩子的話，如何？」

我聽見哥哥的腳步聲，然後又聽到有人發出「啊」的聲音，我光聽聲音就知道那是誰。

那人是泰株。

「我不會隨便傷害人類，但是他現在是鬼。妳應該已經知道，我跟泰株連結在一起了，因此如果妳要消滅我，也必須把泰株一起消滅。這事情如果讓閻羅王知道的話，妳也會受到重罰，因為妳居然保護了鬼！」

「我早就做好心理準備，說不定閻羅王早就知道了。」

「妳堅持不退讓？」

「對。」

「那就不要怪我了！」

哥哥放下原本抓在手中的泰株靈魂，然後打開了地獄之門。

地獄之火從門口噴出，藉著地獄之火的光，鬼物室稍微變亮了。

我看到泰株和泰熙倒在地獄之門的旁邊，以及地獄之門內，無數的鬼魂正朝著炎熱的地獄之火跑過來。

「今天是無鬼之日，因此鬼可以自由穿越地獄之門。如何？妳還能夠阻擋住我嗎？」月株哥哥拿著劍往我跑過來。兩把劍發出碰撞的聲響，月株哥哥手上的劍發出閃光。

「月劍」是月株哥哥的劍，也是唯一可以對抗「日劍」的劍。月劍原本是淡雅的青藍色，哥哥變成夜叉之後，劍也變成了墨綠色。

我雙手握緊日劍，快速擋下哥哥的月劍，再次揮劍攻擊。

「錚錚！」月劍和日劍再次碰擊。

這時候，我近距離看著哥哥的臉，他的眼睛、鼻子、嘴巴等五官還是跟以前一樣，只有眼神變了，讓我感覺很陌生。

「海姝，妳變強了。不過，妳不可能戰勝在陽間四處流浪且遭受折磨的我。」

哥哥用月劍狠狠壓住我的日劍，我實在扛不住，日劍掉到地上。

「在黑暗中失去了劍，妳還能打贏我嗎？」

我實在太氣自己了，我對自己感到很失望。

我都已經五百歲了，居然還是一個害怕黑暗、失去劍就什麼也做不了的抓鬼獵人？

我真的如哥哥所說，什麼也做不了嗎？難道我只是一個明知道自己不是大人，但是假裝自己是大人的小孩嗎？

我對自己感到憤怒，我握緊拳頭，摸到了手上的繭時，想起泰株曾經說過的話：「妳是妳，哥哥是哥哥，妳並不是他。不管發生什麼事，妳都不要再被那種奇怪的話影響了。」

沒錯……長久以來，我都被哥哥影響，不，是我自願被他影響。因為哥哥犯下天界的大罪，所以我也讓自己像一個罪人般活著。只要是哥哥覺得糟糕的事情，我也會覺得差勁，結果我就真的讓自己變得糟糕透頂了。

我搖了搖頭，為了讓自己變得堅強，我強迫自己要抬頭挺胸。

「哥哥，我們來空手對決吧！」

哥哥聽完，嘲笑的說：「妳以為空手就可以打贏我？用妳那套連攻擊都做不到的無用武術？」

「不要再說這些無用的話，動手吧！」我雙手放在胸前，擺出擒拿術的基本攻擊姿勢。

「好，來試試看。」

我聽到哥哥把劍放在地上的聲音，我馬上衝了過去！

哥哥和我的掌風在研究室內散開！

哥哥的實力絲毫不減，為了在心理上壓制對方，哥哥打鬥時會使出大動作，這是哥哥之前告訴我的，因此並不難應對。

「妳真的變強了。不過，空手打架最終靠的還是力氣，妳很難贏過我。」

哥哥的手刀力道十足，每次接招時，我手上長繭的地方就會特別痛。雖然我死命地撐著，但是，再這樣繼續下去的話，我還是會被哥哥打倒。

我再次想起泰株的話。

「妳是妳，妳哥哥是妳哥哥。」

我居然被一個才十一歲的小孩說過的話激勵，自己都忍不住苦笑了一下。

「有什麼好笑？到現在還沒清醒嗎？」哥哥因為我的笑而大怒。

「哥哥和我都白長歲數了！我們的想法，比一個十一歲的孩子還幼稚。」

哥哥停下了攻擊，盯著我，一臉困惑。

「我來告訴你，我從十一歲孩子身上學到的東西。」

我甩開哥哥的手，稍微拉開距離，再次展開攻擊。我能做的是，不再使用哥哥的方法，而是專屬於我自己的拳術。

我用左手攻擊了哥哥的脖子，伺機找尋哥哥沒有防守的部位，哥哥的大手難以攻擊小地方，但是我的小手可以辦到。

「呀！」哥哥因為我的攻擊發出叫聲。

我盡可能蜷縮身體，避開哥哥的攻擊，然後在哥哥的大動作之間，找尋進攻的機會。我先攻擊他的肘內，快速推開他的手之後，馬上彎腰攻擊他的膝蓋。哥哥的關節接二連三地受到攻擊，動作開始變得有點遲緩。

「妳真的變強了，海姝。果然青出於藍，更勝於藍。」哥哥雖然說得一派輕鬆，但是表情卻是非常吃驚。只是哥哥的臉又露出滿意的表情，邊笑邊看著我的後面：「可是，怎麼辦？它們快來了。」

什麼？

我回頭一看，一大群鬼已經快要抵達地獄之門了。我光顧著攻擊哥哥，完全忘記地獄之門的事情。

正當我想要跑過去的時候，哥哥緊緊抓住我的腿，即使我用力掙扎也無法擺脫他。

這時候，好像有人爬向地獄之門……那是原本倒在地獄之門前面的泰株。

驚覺自己本身就是鬼，泰株咬緊牙關，努力的說：「海妹，我想問你一個問題，妳之前說過……如果鬼和佔據鬼身體的夜叉一起來到地獄之門的話，鬼就可以去冥界吧？」

「你在說什麼？」哥哥突然臉色大變。

「如果我走進地獄之門的話，那夜叉就會失去力量，也無法再使用我的身體，也就是說，你的哥哥身為夜叉，他就必須跟著我走進地獄之門吧？」

「泰株，不要。」

強烈的不安襲來，我為了阻擋泰株伸出了雙手，只是泰株仍然繼續走向地獄之門。

「我原本就只是為了守護泰熙……如今泰熙已經不需要我了。她交了許多朋友，奶奶也會照顧她，我應該去我原本該去的地方了。」

我好希望自己的手可以變長，我希望自己的手可以抓住泰株。可是，即使活了五百歲，我的手依然無法變長抓住泰株。

「海姝，我遇到妳之後，才真正感受到自己。因為是哥哥，所以我必須先照顧妹妹……這個想法讓我無法照顧好自己。」

我的眼淚擋住了我的視線，眼前一片灰濛濛，因為這樣，泰株看起來更加透明了。

「還記得我們踢足球的那天嗎？那天，是我最幸福的時候，不是泰熙的哥哥，而是泰株……謝謝妳幫我創造了美好的回憶。」泰株說完這句話之後，就毫不猶豫的走向地獄之門。

「不要。」

哥哥發出了尖叫聲，他被迫從泰株的身體分離出來。

「海姝！海姝！難道妳要這樣丟下哥哥不管嗎？」

「你到現在還不明白嗎？這孩子為了救大家而犧牲了自己，你難道沒有半點感覺嗎？」我忍著悲傷，對哥哥大喊！

哥哥吃驚的望著我，這應該是哥哥第一次看到我如此果斷。

「小心上路，哥哥。」我淚眼看著地獄之火把哥哥淹沒之後，快速關上地獄之門。

重新打開燈的鬼物室，一片淒涼孤寂。

第14章 初雪來的那天

「你去哪裡了？」

「海姝，妳不在的時候，冥界派來差使傳達任務，所以我就去吉童奶奶家走了一趟。」

可能是因為太冷了，姜宇蔚邊哈著氣，邊走進妖怪博物館，他的黑色外套上覆滿了白雪。

今天，就是那個等待許久的初雪之日。

妖怪差使都到齊之後，我就從暖爐取出烤地瓜。雖然五百年來，早就吃過無數次烤地瓜，但是在寒冷的天氣裡，吃到的烤地瓜還是最美味的。

「吉童奶奶過世之後，沒有馬上去冥界，而是躲在家裡某個角落，因此，我去好好勸說了一番。我跟吉童奶奶說，到了冥界，接受審判，得到好結果的話，就可以再次投胎轉世。最後，她總算願意乖乖去冥界報到了。」

原本一句話也沒說的雲中飛望著窗戶，突然說：「泰株會去哪裡轉世呢？」

大家突然都停止剝地瓜皮。

九瑋良嘆了口氣說：「閻羅王不是說了嗎？泰株一定可以投胎到好人家，希望他可以記得我們。」

「當時知道泰株是鬼的時候，我記得不知道是哪位妖怪還說必須馬上消滅他？」雲中飛故意提起舊事。

「啊……那是因為身為抓鬼獵人團隊，看到鬼當然要那樣說……況且，當時我也不知道泰株是怎樣的人。」九瑋良急著解釋。

大家聽完，不約而同的哄堂大笑起來。

半仲仁笑了半天，說：「等我們也投胎轉世，再一起去找他吧？

大家都很想知道他過得好不好吧？」

「傻瓜！我們變成人類之後，就不會記得前世的記憶了，即使遇到彼此也認不出來……」

「覺得有點難過呢……」

大家的表情都有點傷心，轉世之後，就不會記得今生一起生活過的家人、朋友。如果吉童奶奶也知道這件事的話，說不定就不會那麼爽快同意去冥界了吧？

叩叩叩叩。

頭頂有一根白色羽毛的烏鴉，正敲著已經結了霜的玻璃窗，那是天界傳遞信息的烏鴉。

「天界是不是發生什麼事情了？」姜宇蔚把窗戶用力搖了好幾次才打開。

烏鴉看起來像是在跟姜宇蔚說謝謝，連續點了好幾次頭，然後遞給我一封信，接著就站在雲中飛的膝蓋上，吃起地瓜。

我把信的內容大聲地唸出來告訴大家：

「上面寫著有新的抓鬼獵人，今天會有新的抓鬼獵人報到……」

「妳說什麼？那是不是表示妳就要辭去抓鬼獵人的工作，再次回去天界？」

「不，聽說這位新的抓鬼獵人只是實習生，想不到……現在居然連抓鬼獵人也有實習生。」

「有說今天什麼時候會來嗎？」

「三點？現在幾點了？已經三點了！這烏鴉送信也送得太晚了吧？」我大叫了起來！

聽到我這麼說之後，那隻烏鴉發覺情況不妙，馬上一口叼起了雲中飛的地瓜，從窗戶飛走了。

「嘎吱！」一聲！

外面傳來妖怪博物館大門被打開的聲音，有人進來了。

萬事通看到那人，吃驚的從椅子上站了起來。

「等……等等……這是怎麼一回事？」

我也嚇得站了起來，椅子往後倒地，發出了巨響！

九璋良看著被打開的門，忽然想起什麼似的，露出微笑說：

「天界會給自願犧牲的人，再一次的機會……看來我們得到那個機會了。」

九璋良說對了。泰株犧牲自己，獲得了重新開始的機會。

我嚇到一步也動不了，呆呆站在原地。

「發什麼愣？還不快去迎接新人。」

萬事通用力拍了我的背後一下，就跑向門口。

站在門口的那個人，對著跑向自己的妖怪們揮著手說：「我是抓鬼獵人實習生姜泰株，請大家多多關照！」

公告欄
讚

作者的話

大家怎麼度過夏天呢？聽說現在人類的世界，因為各種因素，一年變得比一年還熱，應該不再是那個可以盡情奔跑的夏天了吧？我們抓鬼獵人學校也一直在思考，在如此艱難的時期，要怎麼做才能夠幫助人類呢？

抓鬼獵人學校位於茂密的竹林內，我現在就是在學校的保健室裡面避暑。一到夏天，鬼就會變多，所以抓鬼獵人學校是沒有暑假的。

現在，有許多學生為了成為抓鬼獵人，在學校接受嚴格的訓練。

我在寫作這本書的時候，海姝充滿疑惑的提問：「我們的故事真的有趣嗎？」

我說：「你們的故事中出現許多人的人生。每個人只有一次人生，透過書籍可以看到別人的人生，當然有趣！」

《抓鬼獵人》獲得故事王獎之後，我和泰株一起閱讀了兒童評審委員們的評語。泰株告訴我，看到這些感動人心的讚美和嚴厲的批評，我之後應該要更加謹慎，也要更加努力地寫作才行。

大家會不會和這本書的人物一樣，希望獲得幸運呢？會不會希望幸運來臨之後，所有的煩惱通通解決了呢？我小時候常常有這樣的想法，例如：希望可以馬上長高、突然變有錢、變得很會運動等等。可是如果真的都發生的話，說不定並不是幸運，因為，人生中突然發生的事情不會都是好運；相反的，有時候看似不幸的時候，反而是福氣也說不定。

如果要寫完關於海姝的全部故事，再怎麼熬夜也寫不完，因此這本書只能先寫到這裡。希望這些故事除了讓大家覺得精彩之外，還能感到溫馨。

炎熱的夏季，並不一定會去山上、原野或者大海，大多數的時間應該會選擇待在家裡吧？雖然很辛苦，還是希望大家都能好好撐過這個夏天。

最後，還要謝謝在我偶爾感到灰心而停止寫作時，默默幫我按摩背的咕咕和莉歐。

千林檎

配角介紹

鬼奶奶

鬼物：美味糖果罐

難易度：★

長髮鬼

鬼物：篦子

難易度：★★★★

錢鬼

鬼物：金錢盒子

難易度：★★★

由100名兒童審查委員直接選拔！

故事王得獎作品

來自兒童審查委員的強烈推薦！

完全找不到任何討厭這本書的理由！大家親自閱讀之後，就會明白我的意思了。 ～首爾三一國小五年級全宇燦

在這兩個作品中要選哪一個好呢？

反轉的設定令人驚奇，有趣的逆轉與超乎想像的妖怪世界，讓我看得完全停不下來。我並沒有特別喜歡妖怪故事，但是這本書相當有趣。

～首爾鹽景國小五年級全延允

好棒喔，我收到委託書了！我成為兒童評審委員了！

想要珍惜自己、愛自己，以及愛惜身邊的人，都來閱讀這本書吧！

～首爾大峙國小五年級文祥炫

我對孩子們召喚惡鬼的理由和欲望感同身受。故事情節順暢、充滿緊張感，完全不會感到無聊，最後的逆轉也相當驚人！ ～大邱大實國小五年級金道恩

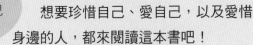

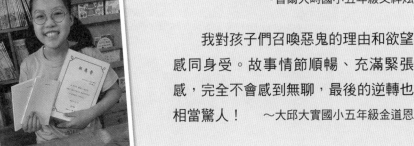

原本擔心內容太過可怕而不敢看，最後還是被書名吸引。沒想到一打開書就停不下來！

～首爾大學師範大學附設國小五年級朴佳煙

已經很難找到情節反轉的書了！妖怪們消滅鬼、海姝對抗哥哥月株的復仇計畫、故事情節偶爾溫馨、偶爾緊張，讓人直冒冷汗，所有的一切組成了這本夢幻書籍。

～大邱智妙國小五年級李智育

勇敢的抓鬼獵人故事相當有趣，冷汗直流的驚悚感、鼻子發酸的感動，以及感動人心的結局！感覺就像同時在吃韓式調味、醬油和原味三種口味炸雞！

～首爾鳳和國小六年級李育琳

抓鬼獵人的設定非常特別，感覺就像在看一部電影。這是一本優秀的作品！兩位主人公的改變，以及情節最後的反轉新穎，實在太有趣了，我在不知不覺中一口氣看完整本書。看完之後，還覺得意猶未盡，讓人期待接下去的故事。

～首爾新上道國小六年級安裕恩

遇到鬼的緊張感、抓到鬼的痛快感，這些心情好像在搭雲霄飛車，我非常期待抓鬼獵人團隊接下來的表現。

～Sammaru國小六年級尹藝霖

我會起雞皮疙瘩不是因為害怕，而是因為故事太有趣了。我在閱讀時，一直很期待接下來的情節。～濟州西國中一年級李佳伊

故事情節的發展跟我預測的不同，實在太有趣了！我前前後後重複看了好幾次，每次都會發現之前沒注意到的地方，忍不住感嘆：「啊！原來會這樣做是因為這樣子啊！」

～首爾九一國中朴俐率

抓鬼的「獵人」點子非常新穎，很吸引讀者眼球。閱讀的過程中，偶爾會大笑、偶爾會緊張、偶爾會失望、偶而會……直打冷顫！特別是最後兄妹大對決場面栩栩如生！

～盆珹國中一年級方詩允

在閱讀的過程中，我不知不覺陷入有趣、感動，又具教育意義的完美冒險中。

恩成國中一年級李錫

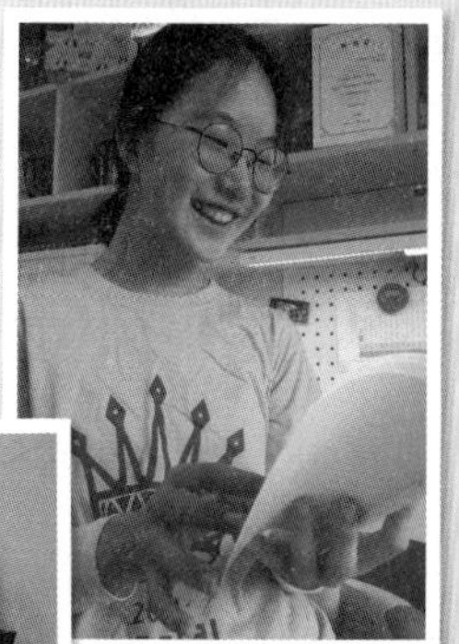

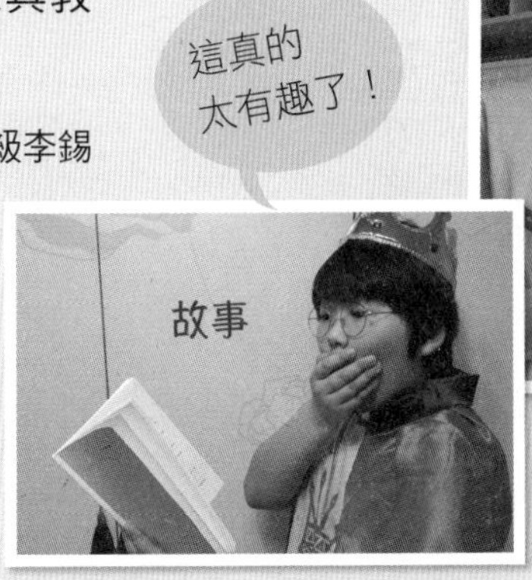

故事館024
抓鬼獵人行動1：拯救妖怪村
故事館
귀신 사냥꾼이 간다 1: 요괴마을

作者	千林檎
繪者	全明珍
譯者	劉小妮
語文審訂	曾于珊（師大國文系）
責任編輯	陳彩蘋
封面設計	張天薪
內文排版	李京蓉
童書行銷	張惠屏．侯宜廷．林佩琪．張怡潔

出版發行	采實文化事業股份有限公司
業務發行	張世明．林踏欣．林坤蓉．王貞玉
國際版權	鄒欣穎．施維真．王盈潔
印務採購	曾玉霞．謝素琴
會計行政	許俽瑀．李韶婉．張婕莛
法律顧問	第一國際法律事務所　余淑杏律師
電子信箱	acme@acmebook.com.tw
采實官網	www.acmebook.com.tw
采實臉書	www.facebook.com/acmebook01
采實童書粉絲團	https://www.facebook.com/acmestory/

ISBN	978-626-349-254-7
定價	360元
初版一刷	2023年6月
劃撥帳號	50148859
劃撥戶名	采實文化事業股份有限公司

104 台北市中山區南京東路二段 95號 9樓
電話：02-2511-9798　傳真：02-2571-3298

國家圖書館出版品預行編目(CIP)資料

抓鬼獵人行動. 1, 拯救妖怪村 / 千林檎作 ; 全明珍繪 ; 劉小妮譯. -- 初版.
-- 臺北市 : 采實文化事業股份有限公司, 2023.06
304面 ; 14.8×21公分. -- (故事館 ; 24)
譯自 : 귀신 사냥꾼이 간다 1:요괴마을
ISBN 978-626-349-254-7(平裝)

862.596　　112003552

線上讀者回函

立即掃描 QR Code 或輸入下方網址，連結采實文化線上讀者回函，未來會不定期寄送書訊、活動消息，並有機會免費參加抽獎活動。

https://bit.ly/37oKZEa

采實出版集團
ACME PUBLISHING GROUP